Ralf Neubohn
Michael Kerawalla

Im Tal der Autoren

Als Autor im wilden Remstal

Ralf Neubohn
Michael Kerawalla

Im Tal der Autoren

Als Autor im wilden Remstal

Bibliografische Information der Deutschen Nationalbibliothek:
Die Deutsche Nationalbibliothek verzeichnet diese Publikation
in der Deutschen Nationalbibliografie; detaillierte bibliografische
Daten sind im Internet über www.dnb.de abrufbar.

© 2015 Ralf Neubohn, Michael Kerawalla

Herstellung und Verlag:
BoD - Books on Demand, Norderstedt

ISBN: 978-3-7347-7850-6

Inhalt

Vorwort 8

Jahreszeitliches aus dem Remstal

Tee im Wintergarten 9
Vorzeichen 9
Jahreszeiten 9
Jahreszeitliches 9
Frühjahr 10
Ostern 2012 10
Frühlingstag 11

Lesungen

Zurück zu den Wurzeln 12
Garantierte Wirkung 13
Lesung 14
Heisses Date 14
Als ich neben mir stand 16
Abwechslung muss sein 18

Autoren, die ich schätze

Jutta Munk 19
Magdalene Fromme 20
Michael Kerawalla 21
Astrid Allende 22
Teresa Santamaria 23

Autorenalltag

Der Autor 24
In der Dichterstube 24
Leitkultur 24
Illusionen 24
Der literarische Triumph 25
Die Liktoren 26
Diese Urlauber! 27
Die Höhle des Autoren 28
Autorentum 30
77 31
Abgehärtet 33
Marketing Strategie 33
Herzi 34
Magie des Wortes 35
Furchtbares Missverständnis 35
Das erste Mal 37
Der Neue Literaturpreis Remstal 42
Meisterjahre 44
Partylöwe 46
Zugabe! 48
Vorschau 49
Heiße Lesung 49
Der Roman 51
Über den Autor Ralf Neubohn 52

Michael Kerawalla

Der Paketbote 53
Waiblinger Jagdszenen 57
Der verlorene Scheck 60
Das Märchen von der blauen Tonne 63
Kleinschreckbach und Sockenbach 66
Das Würfelspiel 71
Wehrlos 76
Die wunderbare Reise 81
Fremde Freunde 85
Gefährliche Landung 95
In einer nicht allzu fernen Zukunft 102
5° C 109
Über den Autor Michael Kerawalla 112

Vorwort

„Oh, nein!
Muss ein Vorwort sein?"
„Ein Vorwort in Kürze,
verleiht dem Buch Würze!"
„Alle die deine kurzen Vorworte kennen,
fangen jetzt an zu pennen!"

Na, na, sooooo lang sind meine Vorworte gar nicht. Ich komme kurz und knackig auf den Punkt. Schwafel, schwafel, bla, bla ...
So, aber jetzt im Ernst! Viele Leser forderten immer wieder eine Fortsetzung meiner „Erinnerungen eines vergesslichen Analphabeten". Nun, in Erwartung des großen Geldsegens habe ich mich (leider?) dazu verleiten lassen.
Ich berichte wieder Wahres und fast Wahres aus dem Autorenleben, lasse meinen nicht vorhandenen Charme spielen und versuche einen Einblick in den stressigen Autorenalltag zu geben.
Der Bogen spannt sich von den Jahreszeiten im Remstal, über Lesungen bis hin zu dem literarischen Höhepunkt jeden Jahres, dem „Neuen Literaturpreis Remstal".
Viele Leser wünschten sich auch ein paar Texte aus meiner vielumjubelten „Meisterphase", diese stehen sozusagen als Zugabe am Schluss meines Teils des Buches.
Anschließend folgen die Texte Michael Kerawallas, dessen Kurzgeschichten immer etwas ganz Besonderes sind.

Viel Spaß beim Lesen!

Jahreszeitliches aus dem Remstal

Tee im Wintergarten

Bequem sitze ich im Warmen.
Draußen klirrt Väterchen Frost.
Er kennt kein Erbarmen.
Fröhlich rufe ich Ihm zu: „Prost!"

Vorzeichen

Der Regen prasselt,
der Wind ist kalt,
die Lunge rasselt,
der Winter kommt bald.

Jahreszeiten

Die Hüllen fallen in der Sommerzeit,
im Herbst die Blätter.
Bald ist es wieder soweit,
es naht das Schmuddelwetter.

Jahreszeitliches

Wenn der Autor auf dem Ofen schnurrt,
seine Katze fleißig Wunschzettel schreibt,
niemanden im Haus der Magen knurrt,
dann ist wieder Weihnachtszeit.

Frühjahr

Es scheint die Sonne,
es lacht das Herz,
die Hormone bereiten Wonne
und süßen Schmerz.

Ostern 2012

Lange wurde es heiß diskutiert: wer bringt eigentlich zu Ostern die Geschenke? Manche meinten: die Eltern. Aber das kann nicht sein. Welche Eltern haben denn heutzutage noch Geld um überhaupt alles Lebensnotwendige zu kaufen, geschweige denn Geschenke?
Nach langer wissenschaftlicher Forschung steht nun fest: Der Osterhase bringt die Geschenke, wie es die Großeltern schon richtig wussten. Der Beweis: kaum ist es Frühling huschen die Häschen draußen rum und sammeln die Geschenke für Ostern.
Nun fragen sich viele: „Ja, aber warum Eier?"
Na, das ist ganz einfach. So kleine Häschen haben nicht viel Geld und Eier sind noch relativ günstig zu haben, wenn man es mit den Preisen von Naschwaren vergleicht ...
Ja, so ist man halt aufs Ei gekommen ...
Ostern 2012 war ja ein besonders ideales Osterjahr. Kalt + regnerisch. Da stört keiner die Häschen beim Eierverstecken UND: Wenn jemand nicht alle Eier gleich gefunden hat, macht nichts! Bei DEM nasskalten Wetter bleiben die Eier noch lange frisch.
Aber Vorsicht: Wenn Sie am 6. Dezember unter einem kahlen Strauch ein Ei entdecken, hat es wohl nicht der Nikolaus gebracht!

Da Ostern 2012 besonders kühl war, wurden die Eier von Angorahäschen verteilt. An anderen kalten Osterjahren wo es keine Angorahäschen in unseren Wäldern gab, haben die Zwergkaninchen Paketdienste mit dem Transport beauftragt und blieben lieber daheim unter der warmen Höhensonne.

Es reicht ja auch, wenn die Paketfahrer nass werden. Aber so zarte Pfötchen von Zwergkaninchen sind schon sehr empfindlich.

Ich freue mich schon auf Ostern 2013, wenn ich im Wintermantel mit Schirm in der Hand unter Schnee und Eisschicht Ostereier suche. Vielleicht sollte ich mir dafür einen Bergungshund oder ein Trüffelschwein besorgen.

Nach dem Eiersuchen im Schnee baue ich dann einen Schneemann und schaue Schneehasen zu, die auf Langlaufski vorbeiflitzen, verfolgt von Eisbären und Polarfüchsen. Den Abend lass ich dann mit zum Wetter passender Musik ausklingen z.B. „Leise rieselt der Schnee", „Schneeflöckchen, Weißröckchen."

Das ist praktisch, da es ja mehr Weihnachtslieder als Osterlieder gibt. Oder kennen Sie viele Osterlieder?

Frühlinstag

Ein Hauch von Frühling liegt in der Luft. Laue, warme Winde wehen und treiben zusammen mit der Sonne die Menschen in die freie Natur. Pärchen gehen in den Park, Ehepaare treffen sich mit ihren Freunden in Straßencafés. Wohlig räkeln sich Mensch und Tier in der warmen Sonne. Viele Leute veranstalten spontane Grillfeste. Es ist ein wunderbarer Frühlingstag, dieser 24. Dezember 2012.

Lesungen

Wir Autoren schreiben die meisten Texte für unsere Bücher. Manchmal gibt es aber auch Lesungen, für die wir passende Texte brauchen. Ist da nichts Passendes im großen Vorrat, wird extra für die betreffende Veranstaltung ein Text geschrieben. So wie der folgende, den ich für eine Lesung auf dem Lande schrieb.

Zurück zu den Wurzeln

Seneca, Cato und Tolstoi hatten vollkommen recht: Nichts geht über das einfache Landleben. Weg von all dem unnötigen Schnickschnack zurück zum Urtümlichen. Nur von den allernotwendigsten Hilfsmitteln begleitet leben.
Während ich diese Zeilen auf meinen Laptop schreibe, geht draußen die Außenbeleuchtung automatisch an. Vermutlich ist eine Katze durch die Lichtschranke gelaufen. Ein Surren zeigt an, dass die Rollläden mittels Zeitschaltuhr pünktlich heruntergelassen werden. Ich gehe in die Küche aus der Tiefkühltruhe frisches Gemüse für die Mikrowelle holen. Unterwegs blinkt mich im Flur das dämonische rote Auge des Anrufbeantworters an. Aus dem Büro höre ich den Fax nach neuen Papier fiepsen und Informationen aus dem Internet plärren.
Bei soviel Stress starte ich mittels Fernbedienung erstmal eine Musik-CD und gönne mir aus der chromglitzernden Expressomaschine ein Anregungsmittel. Zwischenzeitlich ist das Gemüse fertig geworden. Es hat diesmal eine skandalöse Minute länger gedauert! Zeit die alte Mikrowelle gegen eine schnellere auszutauschen!
Ich muss wegen eines neuen Navigationsgerätes sowieso in die Stadt.

Im Esszimmer angekommen greife ich zur Gabel, als sowohl das Handy klingelt und auch das E-Mailpostfach nach mir verlangt. Doch die müssen beide in die Warteschleife, da pünktlich zum Essen im Fernsehen meine Lieblingsserie startet, die ich auf dem extra großen LCD-Bildschirm sehe.
Mittels Fernbedienung schalte ich die Heizung etwas höher und genieße die Wärme und das Mikrowellengemüse sehr.
Ja, die großen Denker wussten was sie sagten: NICHTS geht über das urtümliche, einfache Landleben! Back to the roots!

Garantierte Wirkung

Viele Indianerstämme litten unter bitterstem Wassermangel. Ihre Medizinmänner schafften es oft nicht den dringend benötigten Regen herauf zu beschwören. Immer mehr bewohntes Land wurde so zur Wüste.
Hätten sie nur die WAHREN Regenmacher zur Hilfe geholt. Die, welche garantiert Regen, Schnee und Eis zur Stelle rufen! Egal wie das Wetter sich auch vorher gestaltete, sie haben immer Erfolg. Sie, die Autoren des literarischen Kleeblattes. Die letzten Jahre bewahrheitete es sich immer wieder: Super Wetter für die jeweilige Jahreszeit und pünktlich einen Tag vor der Lesung ging es wettermäßig buchstäblich den Bach runter.
Hätten wir eine Lesung in einer von Indianern bewohnten Wüste gehabt, vermutlich hätte ein schwerer Orkan die Täler heimgesucht. Ich habe immer wieder den Verdacht, dass einige unserer Autoren heimlich an verschiedenen Orten Lesungen abhielten. Z.B. in Hamburg als in den 60iger Jahren die schwere Sturmflut dort war.
Wie dem auch sei: Selbst wenn Sie im Hochsommer eine unserer Lesungen besuchen: Winterreifen ans Auto, Schlauchboot aufs Dach und vorsichtshalber eine Rettungsboje in den Kofferraum.

Lesung

Der Autor kam zur Lesung,
in die fast leere Halle.
Er wünschte dem Ort gute Besserung
und verschwand aus dieser Kulturfalle.

Den folgenden Text schrieb ich mal extra für eine Lesung, die leicht erotische Texte erforderte. Bei sowas ist ja die Gradwanderung immer besonders schwer. Unter leicht erotisch stellen sich die Menschen ziemlich verschiedene Sachen vor.
Dazu kommt natürlich immer, dass die Menschen glauben, Künstler seien von morgens bis abends nur mit wilden Ausschweifungen beschäftigt. Wenn man ihnen dann sagt, dass es leider (?) nicht so ist, sind die armen Lesungsbesucher immer sehr enttäuscht.

Heisses Date

Ich saß mit einem Mädchen in einem Lokal,
denn man lebt nur einmal.

Ich war voll in Form,
stürmte verbal nach vorn.

Aber der Wirt rief unverdrossen,
jetzt wird geschlossen.

Doch ich drehte voll auf,
hatte noch gute Sprüche drauf.

Ich wollte es jetzt wissen,
liegt sie nachher auf meinem Kissen?

Aber der Wirt rief unverdrossen,
jetzt wird geschlossen.

Ich ließ mich nun doch verstimmen
und meine Felle davon schwimmen.

Da erschienen reiche Gäste vorm Lokal,
des Wirtes Augen leuchteten aufeinmal.

Aber ICH rief unverdrossen,
jetzt wird geschlossen.

Als ich neben mir stand

Viele Leser haben mich gebeten, wieder ein wirklich wahres Erlebnis aus dem Autorenleben zu erzählen. So wie in „Letzte Ausfahrt Waiblingen" mein Bericht über die 1. Lesung in Füssen.
Gerne erfülle ich diesen Wunsch. Aber nicht mit einem wirklich so kuriosen Erlebnis wie damals in Füssen. Aber es ist auch eine ungewöhnliche Begebenheit im Zusammenhang mit einer Lesung. Eine seltsame Angelegenheit, fast so seltsam wie die Fälle von manchen Detektiven.
Ich erhielt eines Tages die Einladung zum ersten Mal in der Ludwigsburger Stadtbücherei zu lesen. Einem Ort, an dem ich mich vorher noch nie befand. Ich kannte in Ludwigsburg nur das blühende Barock und die Basketballhalle.
Wie immer bei Lesungen machte ich mich schon sehr früh auf den Weg. Ca. 1,5 Stunden vor der Lesung befand ich mich wohlbehalten am Bahnhof in Ludwigsburg, in Gesellschaft einer interessanten Bekanntschaft. Einer sehr aufregenden Bekanntschaft sogar. Eines faltbaren Stadtplanes. Bevor ich mit ihm flirten konnte, um ihn anschließend AUFZUREISSEN, begaben wir uns einträchtig in ein Cafe. Ich bestellte mir nur etwas zu trinken, der Stadtplan schien hingegen Askese zu lieben. Er trank nichts. Kein verheißungsvoller Anfang für einen heißen Flirt. Ich trank gerade einen Schluck Cola, als um mich herum die Geräusche plötzlich leiser wurden, die Gestalten sich langsamer bewegten. Allmählich glitt ein 2. „Ich" aus meinem Körper, sah mich im Lokal sitzen und flog über die mir unbekannten Straßen hin zur Bücherei. Während „Ich" so über die Straßen flog, sah ich mich gleichzeitig immer noch im Lokal mit dem unbenutzten und unbefleckten Stadtplan sitzen. Langsam kam ich im Lokal wieder zu mir, beschloss dem Stadtplan seine Jungfräulichkeit zu lassen und lief die Straßen entlang zur mir vorher unbekannten Bücherei, die

übrigens gerade wegen Umbaus umgezogen war. Den ganzen Tag über blieb ich völlig gelöst, gelassen, etwas neben mir stehend und brachte die Lesung ganz locker hinter mich. Ein wirklich seltsames Erlebnis, auch wenn es viele meiner treuen Leser wohl nicht glauben werden. Wodurch ich in diesen Zustand der Gelöstheit kam durch welchen ich die umgezogene Bücherei fand, das weiß ich nicht. Ich weiß nur, dass ich schon beim Betreten des Lokals eine große innere Ruhe in mir trug.

Wer weitere wahre Ereignisse aus dem Autorenleben lesen will, möge zu „Letzte Ausfahrt Waiblingen" und anderen früheren Werken von mir greifen. Es ist kaum zu fassen, was wir Autoren so erleben. Dieser Text ist Astrid Allende gewidmet, die mir immer wieder riet, dies ungewöhnliche Ereignis zu Papier zu bringen.

Abwechslung muss sein

Ich trat in verschiedenen angesehenen Theatern mit humoristischen Texten auf, las in Cafes mit Klavierbegleitung und Restaurants mit Gitarrenbegleitung. Ich nahm für die ARD-Guiness-Show der Rekorde an der längsten Krimilesung der Welt in München teil, trat bei der Karlsruher Bücherschau auf und bei den Stuttgarter Buchwochen mit verschiedenen anderen Autoren. Ich las in Kulturzentren politische Texte über den Bundestagswahlkampf im Beisein von einem Abgeordneten des Bundestages und mehreren Abgeordneten des Landtages.
Teilnahme an Lyrik-, Kurzgeschichten-, und Krimilesungen war sowieso Pflicht. Oft mit prominenten Autoren großer Verlage zusammen. Aber auch die Teilnahme an Slams aufstrebender Autoren oder bei überregionalen Veranstaltungen warf ich mich ins Getümmel. Natürlich fehlten auch nicht regionale Auftritte in Buchläden, Büchereien, Kirchen, Friseuren(!) und Museen. Mal nur lesend, mal mit eigenen Sketch- oder Kabaretteinlagen. Es gab Auftritte zusammen mit Prominenten wie den Waiblinger Oberbürgermeister (er hielt die Eröffnungsrede einer meiner Lesungen) und Teilnahme bei Vereinsfesten. Auch Weinproben, Wiedereröffnung von öffentlichen Gebäuden, Sonderveranstaltungen in Weinkellern usw. standen auf meinem Programm. Oft mit anspruchsvollen Rahmenprogramm: live Musik, Vernissage, Kabarett.
Als es mir einmal eine Weile nicht gelang einen Auftritt zu bekommen, sagten mir alle Leute: „Na, Du musst halt ENDLICH mal was anderes bieten als sonst ..." Tja, Abwechslung muss sein.

Autoren, die ich schätze

Es gibt so viele gute Autoren im Remstal, dass ich nicht mal annähernd über alle berichten kann. Darum hier eine selektive, kleine Auswahl. Eine Auswahl die andere hervorragende Künstler keineswegs ausschließen soll, es aber notgedrungen aus Platzgründen tut. Alle nicht genannten bitte ich hiermit um Entschuldigung!

Jutta Munk

Als ich seinerzeit die Autorin Jutta Munk kennen lernte, ahnte ich noch nicht das Geringste von den vielen schönen Geschichten die sie in sich trug.
Sie erschien ruhig und bescheiden zu unseren Veranstaltungen und ich dachte nur: „Was für eine nette Dame!"
Doch eines Tages ließ Jutta Munk mir nach und nach ihre außergewöhnlichen Texte zu kommen.
Welch reiches Leben steckte in ihr! Wie schön beschrieb sie das Leben in seinen vielen Facetten! Was hatte sie schon alles erlebt und sehr bildhaft beschrieben!
Texte mit autobiographischem Hintergrund lese ich persönlich besonders gerne und ich fragte mich nur: „Wie viele Menschen außer Dir mögen auch solch persönliche Streiflichter eines Lebens?"
Die Frage wurde mir sehr schnell beantwortet. Beim angesehenen „Neuen Literaturpreis Remstal" wählten sie die Leser zur Siegerin in der Kategorie: „Literarisches Lebenswerk". Zu Recht.
Seit ihrer letzten Veröffentlichung hatten sich viele neue, bewegende Texte angesammelt.
Liebevolle Beobachtungen des Lebens. Von den kleinen Ameisen, über Mäuse bis hin zu den Menschen.

Vieles autobiographisch, manches auch so erfunden, dass man denkt: „Ja, das hätte wirklich so sein können."
Obwohl ich früher lieber nur Texte mehrerer Autoren in Anthologien versammelt veröffentlichte, machte ich bei ihr gerne eine Ausnahme. Denn sie ist ein lesenswertes Ausnahmetalent, was ihr Buch „Der Flug der weißen Vögel" eindrucksvoll bestätigt.
Besuchen Sie doch einmal eine der Lesungen Jutta Munks. Denn von der Autorin selber gelesen, versprühen die Texte noch mehr Charme und nehmen alle mit auf die Reise durch das Leben der Künstlerin.

Magdalene Fromme

Wer kennt Magdalene Fromme noch nicht? Seit langer Zeit macht diese vielseitige Künstlerin von sich reden. So stellt sie z.B. liebevoll gestaltete Miniaturen aus und erzählt dem Publikum die dazugehörigen, packenden Geschichten.
Schon hier zeigt sich ihr Talent für Märchenerzählungen, welches sie in ihren Mäusegeschichten bewiesen hat, von denen es bereits 12 Bände gibt.
Bei ihren Lesungen sind Groß und Klein von diesen Geschichten so gebannt, dass sie ohne einen Mucks zu machen zuhören.
Seit einiger Zeit schreibt die Autorin auch gezielt für Erwachsene und spricht diese vor allem mit ihren Bürgerle-Geschichten an.
Bürgerle steht stellvertretend für uns alle und zeigt, in was alles ein unbescholtener Bürger hineinrutschen kann, der eigentlich nur sein gutes Recht will. Aber das ist anscheinend heutzutage eben schon zuviel verlangt.
Mit ihrem Text: „Kaminfeuer" sorgte 2013 Magdalene Fromme für viel Aufsehen und gewann den angesehenen „Neuen Literaturpreis Remstal".

Die bekannte Autorin Astrid Fritz überreichte ihr bei der Preisverleihung die Siegesurkunde.
Beim Lesen ihres Buches „Es waren doch nur sieben Zwerge" wird jeder nachvollziehen können, warum diese vielseitige Künstlerin auch 2014 wieder von den Lesern in den Kreis der Nominierten gewählt wurde.
Das Buch enthält einen gelungenen Querschnitt ihres Schaffens und zeigt uns Lesern, wie abwechslungsreich das Werk der Künstlerin inhaltlich und stilistisch ist.
Diese Auswahl an Texten macht Lust auf mehr und wir freuen uns alle schon auf die nächsten Lesungen und Bücher Magdalene Frommes.

Michael Kerawalla

Dieser Autor aus dem schönen Remstal hat inzwischen zwei sehr spannende, originelle Fantasy-Romane geschrieben. Sein Erstlingswerk hieß „Der Stein der Finsternis", sein äußerst gelungener Nachfolgeroman war „Turoon".
Kerawalla ist jedoch nicht nur auf Romane beschränkt. Auch seine abwechslungsreichen Kurzgeschichten lassen immer wieder aufhorchen und versprechen vieles für die nächsten Jahre.
Ein wichtiges Ereignis auf dem langen Weg zum Erfolg hieß 2013 „Klartext: Kulturpreis kritischer Kunst". Hier belegte er Platz 3 mit einem aufrüttelnden, gesellschaftskritischen Text.
Auch 2014 haben ihn die Leser wieder mit einer Kurzgeschichte für den Literaturpreis nominiert.
Diesmal zum „Neuen Literaturpreis Remstal".
Bestimmt wird er auch hier wieder gut abschneiden.
Michael Kerawalla ist ein Autor, von dem sicher noch einiges zu erwarten ist.

Beim „Literarischen Kleeblatt" ist er das engagierteste und zuverlässigste Mitglied und daher regelmäßig bei allen Veranstaltungen dabei.

Astrid Allende

Astrid kenne ich schon MINDESTENS 15 Jahre. Wir haben schon so manche Lesung zusammen gemacht. Von kleinen Cafes bis in die großen Theater. Langsam aber sicher haben wir uns zusammen hochgearbeitet und lesen zusammen an immer besseren Orten.
Astrid ist eine sehr interessante Lyrikerin und Kurzgeschichtenautorin. Manchmal haben ihre Texte einen Hauch von Anthroposophie, aber immer sind sie liebenswert.
2013 gewann sie beim „Neuen Literaturpreis Remstal" den Sonderpreis für Autorinnen mit Migrationshintergrund.
Nach dem sie viele Anthologien mit ihren gelungenen Texten aufgewertet hat, erschien nun auch ihr erstes eigenes Buch: „Vom Wachen und Träumen". Dieses von ihr selbst illustrierte Buch war eine der literarischen Sensationen 2013.
Doch nicht nur als Autorin macht sie von sich reden, sondern auch als Malerin. Erst vor kurzem hatte sie eine große und erfolgreiche Bilderausstellung. Sie malt mit ungesponner pflanzengefärbter Naturwolle. Das muss man einfach gesehen haben. Diese Farben, die ansprechenden Motive!
Ihre schönen Bilder gibt es auch oft als Postkarten oder Kalender zu kaufen, das ideale Geschenk!
Astrid Allende gehört zu den vielseitigen Talenten und kann sich dadurch in verschiedenen Formen ausdrücken: Lyrik, Malerei und Kurzgeschichten.
Das macht es für ihre Fans immer spannend: Was macht sie als nächstes?

Teresa Santamaria

Teresa Santamaria macht immer mehr von sich reden. Ihre Idee mit den zweisprachigen Gedichtsbänden: „Poesias Gedichte" kommt zunehmend gut an.
Dazu sind die Bände auch noch von der Autorin selbst illustriert, was einen zusätzlichen Pluspunkt bringt.
Doch Teresa Santamaria ist nicht nur eine gute Autorin, sondern auch sehr engagiert bei vielen Projekten.
Wegen ihres vorbildlichen, gemeinnützigen Engagements fragt man sich zuweilen: Wie hat sie es zeitlich nur geschafft, drei so ansprechende Bücher zu schreiben?
Sozial viel engagiert sein und dennoch so gut schreiben, das ist wirklich eine große Leistung!

Autorenalltag

Der Autor

Der Autor schrieb ein Gedicht,
doch das reimte sich nicht.
Vor Ärger wurde sein Gesicht rosa,
er schrieb künftig nur noch Prosa.

In der Dichterstube

In der kleinen Dichterstube,
schreibt so mancher vorwitziger Bube,
ganz besonders keck
und wirft es dann lieber weg.

Leitkultur

Wir reden von der deutschen Leitkultur,
verweisen gern auf unsere Denker und Dichter.
Ich frage mich nur:
wer kümmert sich noch um diese großen Lichter?

Illusionen

Er hatte seine Illusionen zu Grabe getragen,
fühlte sich endlich von ihnen befreit.
Doch machten sich schon Nebelschwaden,
neuer Illusionen bereit.

Der literarische Triumph

Als mein neuestes Buch erschien, reichte das Geld um endlich mal wieder essen gehen zu können. Geistige Arbeit macht sich also doch bezahlt. In der billigsten Kneipe Stuttgarts kam ein, wohl unter Denkmalschutz stehender, Kellner gewankt, um meine Bestellungen aufzunehmen. Bis er sie verstand, musste ich sie mehrfach wiederholen. In Deutschland ist man wirklich noch gezwungen zu arbeiten, auch wenn man geistig schon lange tot ist. Seine lange zurückliegende gute Zeit mit sich schleppend hinkte der Kellner in die Küche um mein lukullisches Festmahl zu holen.
Wieviele Menschen mich jetzt wohl beneiden? Dieses Gourmetmahl hatte ich mir durch meine geistigen Früchte verdient! Deutschland ist ja nicht umsonst das Land der Dichter und Denker! Literarische Geistesblitze werden hoch honoriert.
Der Kellner kam zurück gehumpelt und brachte mir mein Festtagsessen. Mein Triumphmahl, durch meine treuen Leser finanziert, die meine Bücher lieben. Danke Euch allen!
Zu meiner Anfangszeit reichte das Essen nur für eine kleine, gummiartige Portion Pommes Frites. Doch diese Zeiten liegen weit hinter mir! Lang, lang ist es her! Nun bringe ich es schon auf eine große Portion Pommes! Und bei meinem nächsten Buch reicht mein Honorar VIELLEICHT sogar schon für eine große Portion MIT Ketchup! Nicht auszudenken, was auf diesem schwindelerregenden, steilen Aufstieg in der Literaturbranche noch auf mich wartet! Vielleicht gar eines SEHR fernen Tages Curry-Wurst? Nicht zu fassen! Aber an meinen triumphalen Buchverkäufen zeigt sich mal wieder, wie kulturell aufgeschlossen die Deutschen doch sind und wie sehr neue Autoren zum Weiterschreiben ermuntert werden! Die kulturelle Aufbruchstimmung hier zu Lande ist so heiß, dass die Thermometer an den Wänden zu schwitzen anfangen.

Schon damals, als es sich für mich noch lohnte die Haare zu kämmen, wurden einen die Bücher buchstäblich aus den Händen gerissen! Doch heute hat unsere Bildung Höchst(zu-)stände, wie wir ja alle wissen.

Die Liktoren

Sie werden sich jetzt zu Recht fragen: Liktoren? Was haben diese Personen aus der Vergangenheit mit unserer modernen Zeit zu tun? Nun, unsere Zeiten sind gar nicht so modern, wie es immer heißt. So gibt es z.B. auch heute noch viele Neros, Auguren und Liktoren. Diese erfüllen heute noch dieselbe Pflicht, wie im alten Rom. Sie beschützen ihre Herren vor subversiven Elementen, schirmen die Exzellenz vor dem gemeinen Volk ab.
Heute nennen sich Liktoren Lektoren. Verdächtige subversive Elemente wollen Bücher an ihre Herren und Meister loswerden. Vor dem gefährlichen Einfluss moderner Autoren werden die Verleger durch die Lektoren abgeschirmt und beschützt. Die Verleger leben so in einer kulturellen Zeit, die es schon lange nicht mehr gibt, veröffentlichen Bücher langer, viel zu langer, bekannter Autoren, da sie nichts Anderes kennen.
Die Verleger vor schändlicher neuer Lektüre zu bewahren ist so aufreibend, dass sich die Lektoren daheim mit einem guten Buch entspannen. Aber nicht mit dem langweiligen Blabla altbekannter Autoren, sondern mit Büchern moderner Autoren, die von kleinen Konkurrenz-Verlagen veröffentlicht wurden.

Diese Urlauber!

Mit meiner Frau reiste ich vor 2 Jahren nach Portugal in den Urlaub, um mich vom aufreibenden Autorendasein zu erholen.
Am ersten Tag schliefen wir lange aus, wie es sich im Urlaub so gehört und schlenderten dann gemütlich um 10.00 Uhr zum Frühstücksbüffet. Sie können sich nicht vorstellen, was uns da erwartete! Große Teile des Büffets waren schon von den Frühaufstehern völlig geplündert! Die besten Sachen alle weg! Und noch jetzt häuften sich Leute Berge von dem restlichen Essen auf die Teller, um nichts zu verpassen. Was für ein furchtbares Volk, diese Touristen! Mitten in der Nacht aufstehen, nur um das Büffet zu plündern. Unglaublich!
Nach dem Essen gingen wir zu den Pools, auf ALLEN Liegen hatten die Touristen schon ihre Handtücher deponiert, das hieß soviel wie: „Ätsch! Pech gehabt, schon lange belegt!"
Einfach schrecklich wie sich diese Leute aufführten! Kein Wunder gab es so viele böse Witze über Urlauber! Ein paar Tage später liefen wir um 6.30 Uhr morgens an den Pool, um unsere Liegen zu reservieren.
Bevor wir anschließend gleich als erste Gäste frühstücken gehen konnten, trafen wir einen neuen Besucher des Hotels. Er wollte gerade seinen Koffer auf sein Zimmer bringen und fragte erstaunt: „Was? Um diese Uhrzeit stehen Sie schon auf?"
Worauf wir stolz antworteten: „Heute sind wir sogar etwas später dran als sonst. Echte Urlaubsprofis wie wir reservieren schon um 6.00 Uhr morgens ihre Liege, bevor sie das Büffet abräumen. Ausschlafen ist nur was für Laschis!"

Die Höhle des Autoren

Um sein Werk zu schaffen, zieht sich der Schriftsteller meistens erst gegen späten Abend oder mitten in der Nacht in seine geheimnisvolle Höhle zurück. Nachts, wenn seine geneigten Leser schlafen, beginnt seine wahre Arbeit. Denn Tagsüber muss er seinem Broterwerb nachgehen z.B. in der Fabrik arbeiten. Den Abend verbringt er anschließend im Kreise der Familie. Erst spät in der Nacht kann er endlich seiner eigentlichen Berufung nachgehen. Der Literaturarbeit. In seinem Büro türmt sich eine Bibliothek von Autoren, die er gerne liest. Diese Berge von Büchern anderer Autoren verleihen seinem Büro das Aussehen einer Höhle, die von Buchpfeilern gestützt wird. Nachdem der Künstler seinen PC gestartet hat, kaum zu glauben aber wahr: Auch Autoren gehen mit der Zeit, entdeckt er zahlreiche E-Mails von Autorenkollegen, Lesungsveranstaltern, Verlage, Presse in seinem E-Mailpostfach. Soll er sie nun bearbeiten oder lieber an seinem neuen Buch weiterschreiben? Plötzlich hört er den Fax kläglich fiepsen und sieht: Auch hier hat sich den ganzen Tag über so einiges von Leuten aus der Literaturszene gemeldet und weitere Faxe folgen noch immer. Seufzend will der gestresste Schriftsteller zumindest bei den wichtigsten Leuten anrufen, als er merkt: Vom Telefon aus starrt ihn das dämonische rote Auge des Anrufbeantworters an. Beim Abspielen der Nachrichten stellt er entsetzt fest, dass der Anrufbeantworter ganz voll ist. Er will resigniert zu einem Notizzettel greifen und entdeckt dabei zu seinem Schrecken einen ganz neuen, unbeantworteten Briefstapel. Während der geplagte Autor noch wie hypnotisiert diesen Stapel Post anstarrt, kommen seine Kinder nacheinander herein und sagen: „Wenn Du hier schon sowieso nur rumsitzt und nichts machst, kannst Du ja bei den Hausaufgaben helfen." Mittlerweile ist es schon extrem spät geworden und noch keine Zeile am PC geschrieben. Was ist zu tun? Endlich mit dem Schreiben des Buches beginnen, weil der

Verleger dauernd drängt und verständnislos fragt: „Warum ist Ihr neues Buch noch immer nicht fertig? Sie haben doch soviel Zeit zum Schreiben?"

Andererseits sollten die Korrekturfahnen an einem anderen Buch bearbeitet werden und natürlich die ganzen Faxe, Anrufe, Briefe, E-Mails beantwortet. Während der Autor noch mit sich ringt, stürzt seine erboste Frau herein: „Hier hängst Du also wieder rum! Weißt Du wie spät es ist? Ab ins Bett, morgen musst Du wieder früh in die Fabrik arbeiten gehen. Schau Dir mal im Spiegel die großen Ringe unter deinen Augen an."

Seufzend gibt er nach und weiß wie es wieder enden wird. Sein Verleger wird noch mehr Druck wegen der Korrekturfahnen des einen Buches machen und wegen der Fertigstellung des anderen Buches. Die Leute, die sich bei ihm gemeldet haben, werden sauer sein und sagen: „Früher hat er bessere Bücher geschrieben. Jetzt fehlt ihm einfach der Schwung in den Geschichten."

Autorentum

Es taucht immer wieder die Frage auf: ab wann gilt eigentlich jemand als Autor? Manche meinen, es hänge davon ab, ob der Betreffende schon Bücher veröffentlicht hat und wenn ja: bei welchem Verlag und wie viele. Andere vertreten den Standpunkt, dass nur die Qualität der Texte entscheidet.
Ich persönlich bin da ganz anderer Meinung. Für mich liegt die Antwort nicht in solchen eher äußerlichen Dingen begründet, sondern im Inneren.
Wie z.B. Rilke in seinem Buch „Briefe an einen jungen Dichter", das beim Insel-Verlag erschien, schrieb: "…gestehen Sie sich in tiefstem Herzen ein, ob Sie sterben müssten, wenn es Ihnen versagt würde zu schreiben. Dies vor allem: Fragen Sie sich in der stillsten Stunde Ihrer Nacht: M u s s ich schreiben?"
Und wenn diese Frage bejaht wird, ist man meiner Meinung nach berufen, Autor zu sein. Wenn in einem die Texte so arbeiten, dass sie sich herausdrängen wollen. Wenn sie keine Ruhe geben, bis sie niedergeschrieben sind.
Dann ist man Autor. Unabhängig davon, wie gut jemand in der Anfangszeit schreibt, ob sich Verlage finden usw. Das sind äußerliche Dinge, die oft von Zufall, Glück, Beziehungen, Zeit, Geschick und Übung abhängen.
Aber die Grundfrage ist die innere Einstellung dazu. Bin ich bereit trotz Widerständen zu schreiben? Alles zu geben was in mir steckt, auch wenn es mal nicht so gut läuft? Auch wenn andere Dinge im Moment wichtiger wären? Wenn mal die Zeit knapp ist oder wenn ich einfach gerade keine Lust habe zu schreiben?
Wer dennoch schreibt, IST AUTOR.

77

Nein, nein, nein! Auch wenn ich wie 77 aussehe, die Zahl 77 bezieht sich darauf, dass dies das 77igste Buch ist, bei dem ich der Herausgeber bin oder es gar selber geschrieben habe. Es ist kaum zu fassen, wie die Zeit vergeht und wie viele Bücher meinen Weg inzwischen markieren. Einen Weg über hohe Berggipfel und tiefe Täler. Ein beständiges auf und ab. Treue Wegbegleiter standen mir in allen Phasen unerschütterlich zur Seite. Diesen möchte ich an dieser Stelle ganz herzlich Danken. Henry Grocholl, der schon für verschiedene Radiosender dichtete, nahm von Anfang an Anteil an meinen (Un-) Werken. Durch zahlreiche nachdenklich-heitere Texte wertete er so manche Anthologie auf, die ich herausgab.

Astrid Allende wertete durch ihre abwechslungsreichen Gedichte und Kurzgeschichten nicht nur meine Bücher auf, sondern trat mit mir auch von Weinhandlungen bis zu angesehenen Theatern überall auf.

77 Bücher habe ich selber geschrieben oder herausgegeben und zusätzlich an unfassbar vielen schönen Anthologien anderer Herausgeber teilgenommen. Wenn ich diese dazurechne, sind Texte von mir in rund 200 Büchern erschienen.

Man sollte denken, nach sovielen Veröffentlichungen hätten die Leser genug von mir, aber nein! Im Gegenteil! Im Schnitt besuchen rund 25 Zuhörer unsere monatlichen Lesungen, neue Bücher wie der „Neue Literaturpreis 2012 Teil 2" sind innerhalb weniger Wochen ausverkauft, es ist unglaublich.

Nach so langer Zeit unterstützen mich Prominente wie Oberbürgermeister Hesky und Michael Holm noch immer unerschütterlich. Dies ist eine große Hilfe, bei der Förderung neuer Autoren, die zur Zeit von 9 bis 94 Jahre jung sind.

Obwohl ich seit fast 22 Jahren neue Autoren fördere, tauchen noch immer unglaublich große Talente auf, die ich bisher nicht kannte.

Das Fördern neuer Autoren bleibt also weiterhin eine spannende Herausforderung.

Bei Lesungen von uns treten häufig tolle Musiker als Rahmenprogramm auf, von denen ich hier stellvertretend „Clarsach" nennen will. Deren wundervolle schottisch-irische Folkmusik begeistert unsere Lesungsbesucher stets aufs neue. Die begehrte CD von „Clarsach" gibt's bei mir im Laden oder direkt bei der Band.

Das angesehene Kulturhaus Schwanen, in dem wir glücklicherweise monatlich auftreten können, bietet mit seinen stilvollgemütlichen Räumen genau das richtige Ambiente für die Lesungsevents mit live Musik. Darum an dieser Stelle ein großes Dankeschön an das tolle Schwanenteam!!!

Ich persönlich sehe den großen, anhaltenden Erfolg von den Lesungen und Anthologien als Ergebnis eines gelungenen Teamworks an. Die tollen, abwechslungsreichen Texte der teilnehmen Autoren sind das Fundament des Erfolges.

Wichtige, unverzichtbare Bestandteile sind auch das beständige Interesse unserer Leser, der prominenten Unterstützer, der Musiker die das Rahmenprogramm unsere Lesungen zu wahren Perlen aufwerten.

Aber auch die Veranstalter bei denen wir regelmäßig auftreten dürfen, sind ein wichtiger Bestandteil unseres Erfolges.

Es sind so viele Hände, die zu UNSEREN beständigen Erfolg beitragen. Nur durch sie ALLE konnten WIR solange regionale Kultur fördern und anbieten. Seit nun fast 22 Jahren!

Solange SIE ALLE UNS treu bleiben, werden UNSERE Bücher und UNSERE Lesungen weiterhin so abwechslungsreich und schön sein.

HERZLICHEN DANK IHNEN ALLEN!

Abgehärtet

Wer je einen Autor sah,
der auf seinem Füller ritt,
wem solches je geschah,
den nimmt nichts mehr mit.

Marketing Strategie

Wie berichtet, las ich schon fast überall. Dabei gingen die Zuschauerzahlen stets weit auseinander. In manchen Cafes kamen nur 8 Zuhörer, bei Stadtteilfesten und in Festsälen 80 bis 150, bei den Stuttgarter Buchwochen meist 100 Zuhörer und bei einer Lesung mit einem Karlsruher Orchester sogar 200. Als in einem Herbst mal wieder eine Lesung nach der anderen stattfand, machte ich mir allmählich Sorgen: „Bei der letzten Veranstaltung der Tour kommt bestimmt kaum noch jemand. Mit den vielen Lesungen mache ich mir ja selber Konkurrenz, denn niemand kann im Herbst zu allen meinen Lesungen kommen. 30 Lesungen in 3 Monaten ist halt doch etwas viel." Was also tun? Bei der letzten Lesung der Tour hing ich noch mehr Plakate als sonst auf, verteilte Unmengen Flyer, legte Werbezettel in Läden aus, warb im Internet und die Lesungsvorschau kam im „Neckarblick", „Cannstatter Zeitung", „Stuttgarter Zeitung", „Stuttgarter Nachrichten", „Waiblinger Kreiszeitung", in den Stadtmagazinen „Prinz" und „Lift", sowie in verschiedenen Wochenblättern, Stadtanzeigern usw. Frohgemut ging ich nach soviel Werbung zu der letzten Lesung der Herbsttour. Doch vor Schreck fiel mir die Kinnlade runter. Kaum jemand da! Wie konnte das nur sein? Teilnahmevoll meinte der Veranstalter: „Selber schuld, hätten Sie etwas Werbung gemacht ..."

Herzi

Eines Samstags lief ich gedankenverloren zum Bäcker. Die Sonne schien, die Vögel sangen, einfach ein schöner Tag. Menschen kamen mir freundlich lächelnd entgegen, Katzen lagen träge auf dem Gehweg, idyllisch. Plötzlich durchzuckte ein furchtbarer Schmerz mein rechtes Bein. Ein Krampf? Hatte mich etwas gestochen? Weit gefehlt. Ein Hund biss sich knurrend in meinen Fuß fest. Wo kam das Mistvieh denn her? Weit und breit kein Herrchen in Sicht. Ich hob meinen Fuß etwas um den Hund abzuschütteln, doch der verbiss sich daraufhin nur noch fester. Eine fatale Situation. Endlich kam sein Herrchen in Sicht. Die Rettung! Die Rettung? Leider nicht ganz. Er erkundigte sich äußerst intelligent: „Er hat Sie doch nicht etwa gebissen?" Mit schmerzerfülltem Gesicht hob ich den Fuß noch höher, an dem die olle Töle hing. Sein Herrchen quittierte dies mit einem der blödesten und typischsten Hundebesitzersprüchen: „Wissen Sie, Herzi beißt nicht." Ich wusste in diesem Augenblick nicht, wen ich von den beiden herziger fand: die Töle oder ihren närrischen Besitzer. Aber vielleicht sah ich es ja ganz falsch und musste mich darüber freuen, dass Herzi bei mir eine Ausnahme machte. Wir lieben es zwar alle Ausnahmen gemacht zu bekommen, aber es gibt durchaus Situationen, wo keine Rechte Freude über eine Extrawurst aufkommt. Schon gar nicht, wenn mein Fuß die Extrawurst für den Hund darstellte. Allmählich begriff der Besitzer in Rekordverdachtszeit und griff energisch ein, indem er im Plauderton sagte: „Herzi, Du wirst den Mann doch nicht beißen wollen?" Beim Wettbewerb um die „banale Banane" hätte dieser herzige Mensch locker gewonnen, mein Herz im Alltagsleben gewann er allerdings nicht. Als ich ohne seine Hilfe Herzi von meinen Fuß entfernte, jammerte er bloß: „Oh, tun Sie Herzi bloß nicht weh. Er ist ja so sensibel." Zum Glück sind Autoren nicht sensibel, sonst hätte ich mich ganz vielleicht, eventuell, ein klein wenig geärgert.

Da bedauernswerter Weise lauter vergnügte Waiblinger die Szene hilfreich lachend beobachteten, konnte ich die beiden nicht an den für sie geeigneten Ort stopfen, in die Biotonne oder den Restmüllbehälter. Das Leben ist schon ungerecht.

Magie des Wortes

Schreibt der Autor in seinem Knusperhaus,
ist dieses Büchlein noch lange nicht aus.

Furchtbares Missverständnis

Ich sage es nicht gerne, aber an mir haftet ein böser Makel. Ich bin gar nicht der 49jährige Autor Ralf Neubohn aus Waiblingen, den alle zu kennen glauben. Ich bin ein ganz Anderer. Meinem Leben haftet ein untilgbarer schwarzer Fleck an, ich wurde bei der Geburt vertauscht. Es kam erst jetzt, nach so langer Zeit heraus. Niemanden fiel es bisher auf, doch jetzt liegen klare Beweise auf dem Tisch, denen niemand widersprechen kann. Selbst Behörden, die alles ganz genau kontrollieren, haben die deutlichen Beweise anerkannt und forschen nun nach, wer ich eigentlich wirklich bin. Ein Rheinländer? Ein Westfale? Wer weiß, nur der echte Ralf Neubohn bin ich auf jeden Fall nicht. Denn mit 40 Jahren werden Schwaben gescheit und ich merke noch gar nichts davon, eher im Gegenteil. Mein doppeltes Jubiläum: 40. Geburtstag und das erscheinen meines 40. Buches hätte mich seinerzeit ja viel gescheiter machen müssen, stattdessen sabbel ich weiterhin senil meine Mitmenschen und Bücher voll. Ich kann also kein Schwabe sein. Von der fehlenden Maulfaulheit ganz abgesehen. Eltern in anderen Bundesländern bitte ich, ihre Kinder genau zu prüfen. Irgendeines davon ist der wirkliche Ralf Neubohn. Vielleicht der schweigsame Rudolf im fröhlichen Rheinland, der geizige Fritz in Berlin? Oder gar der die Schweinshaxen verschmähende Ruppert in Bayern? Wer weiß, geheimnisvolles Dunkel liegt über meiner wahren Herkunft. An meinem Beispiel können Sie gut sehen, wie leicht es subversiven Subjekten fällt, sich in eine vertrauensvolle Gesellschaft einzuschleichen. Gesetzesverschärfungen sind daher dringend notwendig! Politiker erwachet! Dabei wäre ich von meinen Mitmenschen so leicht zu durchschauen gewesen! An schwäbischen Gaumenfreuden wie „saure Kutteln" oder gar „Linsen und Spätzle" liegt mir nichts. Doch gibt es einen noch stärkeren Beweis für mein Nichtschwabentum. Es ist mir peinlich Ihnen zu gestehen, aber die Wahrheit muss raus: Ich habe kein eigenes Häusle! Im Lande der Häuslesbauer ein skandalöses Novum. Sowas Entsetzliches können wirklich nur Rei'g'schmeckte auf dem Kerbholz haben. Ist das nicht der ultimative Beweis?

Das erste Mal

Ja, ja, das erste Mal ist trotz allem schön. Nein, nicht DIESES erste Mal, sondern die 1. Lesung an einem schönen Ort. Als Autor kommt man ja ganz schön herum und manchmal auch herunter, aber es gibt immer wieder unvergleichliche Premieren. Die ersten Auftritte in Theatern, auf der Karlsruher Bücherschau, den Stuttgarter Buchwochen, der Criminale in München und ... Füssen.
Die stolze Besitzerin der Buchhandlung Probst, sagte zu mir prophetenhaft: „Ralf – den Auftritt bei mir wirst Du nie vergessen. Es wird ein unvergleichliches Erlebnis." Eine mutige Aussage, denn wir Autoren erleben ja viel, aber sie sollte Recht behalten. Märchenfeen täuschen sich selten. Und in der Nähe von Märchenschlössern sind fast alle Frauen getarnte Märchenfeen.
Es begann schon mit der Anfahrt. Mit meinem besten Freund Thomas schlich ich im dichtesten Schneegestöber mit 50 km/h über die Autobahn, auf der die Räumfahrzeuge kaum mit der Arbeit nachkamen. Voller Glücksgefühl sahen wir nach unzähligen Stunden die Ausfahrt nach Füssen. ENDLICH runter von der rutschigen Autobahn! Aber ach, dafür wurden hier die Landstraßen bisher noch gar nicht geräumt. Gute, alte Autobahn wie gern kämen wir zurück zu Dir. Aber wie Thomas Wolfe schon sagte, es gibt keinen Weg zurück. Also Zähne zusammen gebissen und durch die weiße Pracht.
Irgendwann, aber wirklich erst irgendwann, kamen wir völlig verhungert nach Füssen. Sofort stürmten wir völlig verhungerten Weltreisenden einen Metzger und kauften uns Wurstsalat und Brötchen. Dies stand nämlich gerade auf der Sonderangebotstafel und als echte Schwaben schlugen wir natürlich erbarmungslos zu. Der Wurstsalat schmeckte richtig würzig und die Brötchen waren so cross, dass beim Reinbeißen die Teigteile durch die Gegend flogen. Zufriedene, gesättigte Raubtiere schlichen nun träge durchs schöne

Füssen. Nur eines irritierte uns: Alle entgegen kommenden Passanten starrten mich völlig entsetzt an. Was konnte bloß geschehen sein? Hatte ich mich beim Essen Runterschlingen vollgesabbert, stand mein Hosenschlitz offen oder besaß ich von der Kälte schon Frostbeulen im Gesicht? Alles traf nicht zu. Verwundert besichtigten wir noch St. Mang, Neuschwanstein und die dahinter liegenden Berge. Doch überall wurde ich völlig fassungslos angeblickt. Als die Lesungszeit näher rückte, genossen wir noch einen wundervollen Ausblick von Neuschwanstein aus ins verschneite Tal. Bezaubernd! Als wir im gewohnt langsamen Tempo bei Frau Probst ankamen, begrüßte sie uns zuerst freundlich, bevor auch sie mich anstarrte und entsetzt rief: „Um Gotteswillen Ralf, so kannst Du nicht lesen! Das ist ja schrecklich!"
Wenn Frau Probst etwas derartig schockierte, musste es wirklich schlimm sein. Was konnte es nur sein? Ich stand vor einem Rätsel. Denn ausnahmsweise trug ich keinen schmuddligen Autorenlook, befand mich im gekämmten Zustand (was Seltenheitswert besaß) und hatte auch keine Knoblauchfutterorgien gefeiert. Was schockierte also alle? Frau Probst rief: „Dir ist ja Dein halber Zahn rausgebrochen! Nur der graue Amalgamstift steht noch! Du musst unbedingt zum Zahnarzt, bevor Du Dir eine Zahnnerventzündung holst." Nun ja. Es bestand wirklich die Chance, dass ich mir eine Zahnnerventzündung holte. Von der Kälte draußen, vom Lesen drinnen. Aber Zahnarzt? Wie für die meisten Männer hat Zahnarzt für mich mit Folterszenen der Inquisition zu tun und gehörte somit zu den Tabuwörtern. Jetzt wusste ich zumindest, dass beim Essen nicht nur crosse Brötchenteile durch die Luft flogen. Ich versuchte besonders geschickt abzulenken, aber Frau Probst besaß von der Buchhandlung her genug Erfahrung mit Ablenkungsmanövern von Kindern und ließ sich daher auch von Erwachsenen nicht einwickeln. So begaben Thomas und ich uns auf den Weg nach Canossa. Der Uhrzeiger rückte schon allmählich auf 12.30

Uhr vor. Der erste Zahnarzt zu dem wir kamen befand sich im Urlaub. Da sahen wir es mal wieder: Zahnärzte verdienen soviel, dass sie dauernd in Urlaub gehen können! Besonders gern dann, wenn sie gebraucht werden! Der zweite ging gerade vor unserer Nase heim. Ich sagte zu Thomas: „Egal, kommen wir halt nachmittags nochmals vorbei." Doch Thomas nahm mir den Wind aus den Segeln. „Heute ist Freitag, da haben die meisten Zahnärzte nachmittags geschlossen." Entsetzt prüfte ich dies auf dem Praxisschild nach und musste Thomas Recht geben. Was tun? Füssens Zahnärzte befanden sich out of order. Auf der Post holten wir uns Rat und Telefonadressen von Zahnärzten in Füssen und riefen sie der Reihe nach an. Gleichzeitig rückte die Lesung immer näher und vom Reden schmerzte der Zahn immer mehr. Frau Probst hatte also Recht behalten, Zahnarzt tut Not! Seufz!
Das konnte ja lustig werden. Die Lesung nahte zusehends, die Schmerzen nahmen zu und kein geöffneter Zahnarzt in Sicht. Allmählich begann ich nervös zu werden. Von Natur aus kein Zahnarztfan und dann noch der Zeitdruck! Denn ich musste ja eines beachten: Selbst WENN er mich rechtzeitig behandelte, die Wirkung der Betäubungsspritze konnte noch 1-2 Stunden dauern und mit ihrer Wirkung lies sich nicht lesen. Es eilte also immer mehr und leider weiterhin weder Land noch Zahnarzt in Sicht. Ich wurde allmählich richtig behandlungsgierig und durfte mich nicht quälen lassen. Wie ungerecht. Da will man endlich mal unbedingt zum Zahnarzt und darf nicht. Doch endlich wurde mein Flehen erhört und ein Zahnarzt im Außenbezirk von Füssen bot mir einen Termin an. So rasch es der Schnee zuließ, begann die Suche nach der Praxis. Thomas meinte: „Fragen wir doch einen Passanten nach dem Weg." Ich erwiderte sorgenerfüllt: „Wenn wir bei diesem Wetter einen sehen." Leider behielt mein Einwand Recht. Wir sahen keinen einzigen Passanten. So dumm bei diesem Wetter unterwegs zu sein waren nur Autoren und ihre Begleiter. Also wir.

Doch irgendwie und irgendwann fanden wir das verschneite Knusperhaus des Zahnarztes. Mittlerweile gierte ich förmlich vor Schmerz und Zeitdruck darauf behandelt zu werden, doch der Zahnarzt hatte schon jemand anders in Behandlung und ein weiteres Opfer wartete mit uns im Wartezimmer auf die unzähligen Schrecken. Doch dieser mit uns Wartende benahm sich sehr eigentümlich. Er lief hin und her, der Schweiß rann trotz Kälte in Strömen von seinem Gesicht und er stöhnte furchtbar vor sich hin. Ein noch schlimmerer Schmerzfall als ich. Die Arzthelferin fragte mich, ob sie ihn vorziehen dürfte, was ich natürlich erlaubte. Seine Leiden bescherten mir schon viel Vorfreude auf die Behandlung. Als ich dran kam und ich kam wirklich richtig dran, befand ich mich in völlig aufgelöstem Zustand. Angst, Schmerz und Zeitdruck brachten mich fast um den wenigen Verstand, den ich seit jeher besaß. Nicht mehr lange bis zur Lesung und der Zahnarzt wühlte inzwischen fröhlich in meinem Mund herum. Würde er es zeitlich noch rechtzeitig schaffen? Würde ich körperlich und geistig noch in der Lage sein zu lesen? Die Uhr lief erbarmungslos weiter und genauso gnadenlos arbeitete der Zahnarzt fröhlich pfeifend vor sich hin.
Nichts hassen leidende Menschen mehr, als die gute Laune Anderer. Aber schließlich ging auch dieses Martyrium vorbei und Thomas brachte mich zum Auto. Inzwischen schneite es ENDLICH mal wieder und voller BEGEISTERUNG schlichen wir mit dem verschneiten Auto zu Frau Probst.
Die Märchenfee erwartete uns schon sehnsüchtig, sowie ein köstliches Essen zum Trost. Als ich dies sah, brauchte ich noch mehr Trost, da ich wegen des Zahnes noch nichts essen durfte und weil die Spritze noch voll wirkte. Immer wieder bewegte ich meinen Mund, um die Wirkung der Spritze zu testen. Ließ sie schon nach? Konnte ich den Mund etwas besser bewegen? Die ersten Lesungsgäste kamen und schauten meinen Mundbewegungen erstaunt zu. Sie dachten sich wohl ihren Teil.

Pünktlich löschte Frau Probst das Deckenlicht, zündete Kerzen auf den wunderschönen dekorierten Tischen an und los ging es, mit romantischer Aussicht auf den SCHNEE draußen. Das Publikum ging bei der Lesung voll mit und redete mit mir schmerzgeplagtem Mann nach der Lesung noch STUNDEN. Um Mitternacht verabschiedete sich der letzte Gast und sagte: „Es hat mir sehr gefallen. Nur wie alle Schwaben sind sie etwas maulfaul. Sie bekommen den Mund einfach nicht richtig auf." Was soll ich dazu sagen?
Draußen schneite es zur Abwechslung mal wieder und Thomas und ich fuhren mit überragenden 55 km/h heimwärts nach Waiblingen. Dachten wir. Standen aber plötzlich im netten Ort Reute, Österreich. Und das ohne Autobahnvignette! Also möglichst schnell, so fern das ging, zurück nach Füssen und von dort nach good old Waiblingen. Die Märchenfee Frau Probst behielt also recht. Meine 1. Füssenlesung werde ich nie vergessen. Ein wahrhaftig märchenhafter Tag. Märchenhaft schön und märchenhaft schrecklich.

Höhepunkt des Autorenlebens:
Der Neue Literaturpreis Remstal

Den „Neuen Literaturpreis Remstal" gibt es schon seit 2011. Das besondere an diesem Preis ist, dass er nicht von irgendeiner mehr oder weniger guten Jury vergeben wird, sondern von den Lesern. Dies Wahl erfolgt also nach dem demokratischen Mehrheitsprinzip. Die Bürger haben jeweils ein Jahr Zeit zu wählen. Die Hauptpreise gibt es für die in den Wettbewerbsbüchern versammelten Autoren. Aus diesen nominierten können die Leser per beiliegender Postkarte ihren jeweiligen Favoriten wählen.

Das gute ist: Sie können sich Zeit lassen, die Texte mehrmals in Ruhe lesen und vergleichen. Daher fallen die späteren Platzierungen der Autoren sehr angemessen aus.

Für die Wettbewerbsbücher haben schon viele Prominente Vorworte geschrieben. Der Waiblinger Oberbürgermeister Hesky, die Autorin Astrid Fritz, der Schlagersänger Michael Holm, die Schlagersängerin Nicole, das bekannte Duo Geschwister Hofmann, der Kabarettist Christoph Sonntag usw.

Außer diesen Hauptpreisen gibt es aber auch noch Sonderpreise. Z.B. für das Lebenswerk eines Autoren, für talentierte Kinder und Jugendliche, für Autoren mit Migrationshintergrund.

2013 lagen da zwei wirklich sehr gute Autorinnen lange Kopf an Kopf. Zum Schluss gewann die ja inzwischen sehr bekannte Astrid Allende knapp vor Teresa Santamaria. Doch ich bin mir sicher, diese wird noch in den nächsten Jahren den einen oder anderen Preis holen. Denn ihre zweisprachigen Gedichte erfreuen sich immer größerer Beliebtheit. Und da Frau Santamaria diese auch noch ansprechend bei Lesungen vorträgt, ist ihr Bekanntheitsgrad kräftig im Wachsen.

Ich persönlich tippe darauf, dass auch 2014 Astrid Allende und Teresa Santamaria wieder beim „Neuen Literaturpreis Remstal" gut abschneiden werden. Denn sie haben einfach eine ganz große Klasse.

Unsere Preisverleihung wird auch immer wieder live von Prominenten unterstützt.

So übergab 2012 Oberbürgermeister Hesky den Autoren ihre Siegesurkunden, 2013 übernahm dies die bekannte Autorin Astrid Fritz.

Bei beiden Preisverleihungen hatten wir auch schöne live Musik als Rahmenprogramm. So spielte ein etwa zwölfjähriges Mädchen wunderbar Geige, die schon für Jugend musiziert nominiert war. Sie wurde dabei auf dem Klavier von der Mutter eines neunjährigen Mädchens begleitet, welche den Literaturpreis für das talentierteste Kind gewann.

Als Rahmenprogramm traten auch die verschiedensten Musikgruppen auf. Z.B. eine schottisch-irisch Folkband und eine Blues Band.

Es ist also immer etwas los und so lohnt sich die Literaturpreisverleihung nicht nur für die Künstler, sondern auch für das Publikum. Letzteres fiebert immer mit, wer denn nun diesmal zu den Preisträgern gehört. Oft gehen die Entscheidungen in den verschiedenen Kategorien so knapp aus, dass selbst ich bis kurz vor Schluss nicht weiß, wer gewinnen wird. Nur eines kann ich sagen: Bisher gab es nur verdiente Gewinner.

Das Publikum hat stets einen wirklich guten kulturellen Geschmack bewiesen und dies wird sicher auch so bleiben.

Meisterjahre

Der Meister ist wieder da!

Menschenmassen sammeln sich in Stuttgart, Schwäbisch Gmünd, Backnang und Ludwigsburg zu einem Sternmarsch nach Waiblingen. Immer mehr begeisterte Literaturfanatiker schließen sich an. Schnell sind B 14 und B 29 nicht mehr befahrbar. Ein nicht abreißender Strom von Menschen wälzt sich auf Waiblingen zu. Straßensperren von der Bundeswehr und UNO werden förmlich überrannt. Sonderzüge von Pankow, Berlin, Rom, London erreichen völlig überfüllt die Literaturhauptstadt Europas. Staatschefs aus aller Welt werden auf dem Waiblinger Airport International eingeflogen und bitten um eine gnädige Audienz beim Meister. Alle erhalten eine ungnädige Kurzaudienz. Außer Obama, der verdientermaßen vom Meister übers Knie gelegt und danach heimgeschickt wird. Darüber sind alle Menschen weltweit gerührt. Endlich bekommen die Amis mal, was sie schon lange Zeit verdient haben. Das bringt dem Meister den Friedensnobelpreis ein. Putin ist darüber so glücklich, dass er sich vom Meister zum Amtsverzicht überreden lässt. Große Luxusliner legen am Waiblinger Hafen an, Fans springen per Fallschirm aus Hubschraubern. ALLE wollen dabei sein! Waiblingens Literaturpapst – der Unfehlbare – schlägt wieder zu! Darum hört ihr Massen in aller Welt: Die Legende lebt! Ralf Neubohn schreibt wieder! Soeben ist sein neuestes (un-) Werk „Im Tal der Autoren" erschienen!
Auf seiner Sänfte wird der gebrechliche Greis wie früher zu seinen Lesungen getragen, schöne Sklavinnen wedeln ihm frische Luft zu, Teenies kreischen begeistert und werden vor Aufregung ohnmächtig. Alles ist also wie früher! Naja, FAST alles. Inzwischen bin ich NOCH älter geworden. Wenn ich jetzt in Stuttgarts Stäffele rutsche, dann im Rollstuhl: Klong, Klong, Rums.

Und abends denke ich nach den Lesungen weniger an heiße Katzen, sondern an heißen Kakao. Wobei es da eine wichtige Frage zu lösen gilt: Kakao + Kekse? Oder lieber Kekse + Kakao?
Das Leben und seine Entscheidungen, die es fordert, sind schwer. Aber egal:

Hurra, hurra,
der Meister ist wieder da!

Partylöwe

Autoren heimatgeschichtlicher Fachbücher und Verfasser von zu Tränen rührenden Heimatromanen gelten zu Recht als alt und hinfällig. In meinem Fall doppelt, da ich ja beides mit meiner in Herzblut getränkten Schwanenfeder schrieb. Zahlreiche Tränen holder Geschöpfe flossen beim zitternden Blättern in meinen Werken „Thanx", „Live & lieblich" oder „Letzte Ausfahrt Waiblingen". Ich möchte nicht sagen ich sei alt, denn dies hören die Pfleger meines Altenheimes nicht gern. Und ich bin ja schließlich dort auf der Intensivstation auf deren Hilfe angewiesen und will sie daher nicht verärgern. Aber es ist eine Tatsache, dass ich es nur noch mit viel Schwindeln schaffe, mich auf Ü80 Partys einzuschleichen. Denn eigentlich darf ich nur noch zu Ü90 Partys. Sowohl wegen meiner Hinfälligkeit und auch meines Alters. Sobald mich meine Krankenpfleger in meinem Sauerstoffzelt auf eine Ü90 Party tragen, sprengt es diese sofort. Wenn dann alle Gäste weinend umher liegen, halte ich wie mein jüngerer Bruder Fidel C. eine 3-7 stündige Rede, bei der meine zittrige Stimme oft versagt. Während dessen schluchzen die armen Gäste vor Kummer so sehr, dass sie ihre Gebisse verlieren und es später beim Aufsammeln zu kuriosen Pannen kommt. Natürlich welkt in all dieser Zeit der Salat wie ich dahin, die Schnitzel wechseln von Marke Schuhsohle auf Briketts und der Alkohol in der Bowle beginnt zu verdampfen. Meine ergebenen Fans lassen sich von meinen zittrigen Fingern Autogramme auf Reifenröcken, Hauben, Schürzen und Fächern geben, bevor sie mich auf ihren Händen zurück ins Altersheim tragen. Wieder eine Party gesprengt! Und ich musste noch nicht mal aus meinen Romanen vorlesen oder gar einen Musikwunsch äußern. Mein altmodischer Geschmack z.B. Rossini schockt selbst 90ig Jährige und lässt diese auf die Knie fallen und um Gnade betteln. Was bin ich doch für ein Partylöwe! Ich mische jede Ü90 Party auf!

Merke: Man ist so alt wie man sich fühlt - also nur 89. Darum Gebiss rein und ran an den Speck! Flott die Krücken geschwungen und die Perücke parfümiert! NOCH ist ALLES möglich.
Yes, we can!

Zugabe!

Sie haben dies kleine Büchle mit (fast) wahren Begebenheiten aus der Kulturgeschichte des Remstals gelesen, genossen und herzlich gelacht? Und dennoch fehlt Ihnen irgendwas? Da haben Sie Recht. Was fehlt ist das Aller-Aller-Wichtigste. Denn dieses Büchle hat viele kleinere und größere Geschwister die in kalten, dunklen, Buchläden einsam und verlassen vor sich hinmodern und sich so sehr nach Ihnen lieber Leser und nach ihren Buchgeschwistern sehnen. Darum seien Sie ein entschlossener Held. Befreien Sie die armen Geschwister dieses liebenswerten Büchles aus den Buchladenkerkern und schenken Sie ihnen die Freiheit und Ihr Lachen beim Lesen. Denn Bücher wollen gelesen werden und sind soooo traurig, wenn sie achtlos vor sich hinmodern. Zumal wenn sie so lieblich wie dieses sind und sich nach ihren vielen netten Geschwistern sehnen. Und wenn Sie nicht nur ein Held, sondern auch ein großer Held sein wollen, empfehlen Sie bitte die Bücher der Edition Nöck weiter! Denn nichts ist schöner im Leben, als seinen Mitmenschen an schönen Dingen teilhaben zu lassen. Und nichts kann Autoren auf dem steinigen Weg des Autorentums mehr helfen, als wohlgesonnene Mundpropaganda. Nichts, nicht mal gute Presseberichte können mehr Positives erreichen.

Haben Sie ein Herz für einsame und verlassene Bücher, sowie hungernde, arme Poeten in ihren winzigen Klausen.

Empfehlen und kaufen Sie Bücher der Edition Nöck.

Vorschau

Im Oktober 2014 erscheint mein neuestes Buch: „Alle Autoren an Bord!"
Auch dieses Buch handelt über die wahren und fast wahren Ereignisse im Autorenleben. Zusätzlich zu diesen wird es auch einen ausführlichen Bericht über die Preisträger des „Neuen Literaturpreis Remstal 2014"geben.
Ich bin da mal gespannt, welche Autoren von den Lesern gewählt werden. Ich werde es meinen Buchkäufern dann sofort und aktuell berichten!
Hier als Vorgeschmack auf das Buch ein wahres Lesungserlebnis von mir und eine Geschichte, wie sie Autoren so ähnlich durchaus passieren kann.
Viel Spaß beim Lesen! Ich freue mich schon darauf, Sie dann beim nächsten Buch wieder zu treffen!

Heiße Lesung

Von sogenannten Popautoren steht in letzter Zeit viel in der Presse. Sie sind jung, gut vermarktbar und passen sich der jeweiligen Literaturmode an. Da sie meist auch noch gut aussehend sind, werfen sich ihnen Literaturgroupies an beide Hälse. Da geht's nach der Lesung erst richtig zur Sache. Solche Lesungen habe ich altes Wrack selbst nie erlebt. Obwohl ...
Eine wirklich heiße Lesung führte ich auch einmal durch. Stellen sie sich einen schönen Museumssaal vor. Mit 50 Personen ausverkauft, ich in der Form meines Lebens. Ich brillierte, zauberte, holte aus den Texten alles raus. Zur Pause gab's stehenden Applaus. Ein glückliches, vielversprechendes Glitzern lag in allen Augen. Ein Versprechen für mich? Lauerten schon die Literaturgroupies

aufs Ende der Lesung? Nach der Pause stand die Luft förmlich im überfüllten Saal. Die Fenster ließen sich nicht öffnen, Klimaanlage gab es keine und durchs Glasdach knallte inzwischen die Sonne. Draußen gab es lächerliche 30 Grad, im Saal noch ein paar mehr. Die Kleidung klebte uns allen förmlich am Körper fest, nicht nur die Haartollen hingen schlaff herab. Wir näherten uns von Hitze erschlagen dem Ende der Lesung. Alle dachten nur noch an eins: TRINKEN. Als wir uns durch den letzten Text gequält hatten, liefen alle so schnell sie es in ihrem Zustand noch konnten zum Getränkeautomaten. Alles gierte förmlich nach einer kühlen Erfrischung. Als ich mich durch das Menschenknäuel kämpfte, entfuhr mir ein entsetzter Schrei: „Gekühlte Getränke ausverkauft! Es gibt nur noch heißen Kaffee!"
Das Museum vergaß vor der Lesung den Automaten wieder auffüllen zu lassen. Diese Lesung wurde zur heißesten meines Lebens!

Der Roman

Sam beendete 3 Jahre Schreibarbeit an seinem neuesten Roman mit einem guten Gefühl. Alle goldenen Regeln seines Verlegers fanden sich in dem Werk wieder. Anspruchsvoll geschrieben, ein kritischer Spiegel der Zeit und sorgfältig recherchiert.
Stolz begab er sich damit zu seinem langjährigen Verleger. Dieser las das Buch mit einem Stirnrunzeln durch und sprach die goldenen Worte: „Um erfolgreich zu sein, darf ein Roman nirgends politisch anecken. Streichen Sie daher bitte alle betreffenden Stellen. Natürlich wollen wir auch Niemandes religiöse Gefühle verletzen oder Wirtschaftsbossen auf die Füße treten. Sie verstehen doch, dass diese Teile deshalb raus müssen. Zuviel Sex und Gesellschaftskritik sind auch nicht mehr zeitgemäß, sie fallen ebenfalls weg. Natürlich wollen wir uns bei niemanden anbiedern und langweiligen Mainstream vermarkten, wir passen uns nur etwas der Zeit an."
Damit gab er den von 520 Seiten auf 3 Seiten gekürzten Roman in Druck, der ein großer Erfolg wurde.

Über den Autor Ralf Neubohn:

Ralf Neubohn ist Autor von bereits über 77 Büchern und einem breiten Publikum durch zahlreiche Lesungen in Theatern, Kulturzentren und Kulturcafes bekannt. Auch durch seine Teilnahme bei der längsten Krimilesung der Welt fürs Buch der Rekorde, sowie durch seine Auftritte bei Buchmessen und im Radio. Er betreibt in Waiblingen ein angesehenes Buchantiquariat und fördert neue Autoren durch Herausgabe von Anthologien und Veranstaltung von Lesungen. Eine der bekanntesten Anthologien hieß: „Heisses Pflaster Waiblingen", ISBN3-00-004323-3, Verlag Libri-BOD.
Seit 2011 hat er den „Neuen Literaturpreis Remstal" zur Förderung neuer Autoren gestiftet, der in der Bevölkerung großen Anklang findet.

Zum Ausgleich für diese Überdosis Literatur in seinem Leben ist er ein gern gesehener Stammgast in zahllosen Restaurants. Und wenn er dort mal nichts zum beißen bekommt, beißt er eben Wein.
Erfolgreichste Taschenbücher Neubohns: Die heitere Autobiographie: „Erinnerungen eines vergesslichen Analphabeten", ISBN 3-89811-226-8, Libri- BOD, der Kurzkrimiband „Abschied ist nicht nur ein bisschen wie Sterben", ISBN 3-8311-1120-0, Libri-BOD und der heitere Roman: „Terry-ein Schotte in Schwaben", ISBN 3-931123-04-9, Zwiebelzwerg Verlag.
Bekannt wurde Neubohn auch durch einige seiner schwarzhumorigen Werke.

Michael Kerawalla

**Der Paketbote
oder von Hunden, Schweinen und Kühlerfiguren**

Wieder einmal fahre ich am späten Vormittag zum Paket-Auslieferungslager. Der Himmel ist trüb und meine Laune nicht gerade die Beste. Dort angekommen wartet schon die erste Überraschung auf mich. Johnny Kontrolleti von der Firmen-Aufsicht ist heute mit seinem Helfer im Lager und meint mal wieder nach dem Rechten sehen zu müssen. Also ist heute besondere Vorsicht geboten! Mit seiner Gel-Frisur und seinem unnachahmlichen Gesichtsausdruck wirkt er immer noch genauso unsympathisch auf mich, wie viel Male zuvor. Also gut, dann unterdrücke ich eben meinen aufkommenden Brechreiz und beginne mein Auto zu beladen. Im Regal stehen heute wieder mindestens achtzig Pakete. Das wird wieder ein langer Tag! Während des Beladens schleicht Kontrolletis Kollege um mich herum. Ein einziger Blick meinerseits macht ihm klar, dass er sich gerade in höchste Lebensgefahr begibt und er trollt sich schleunigst. Schließlich ist das Auto bis unter das Dach gefüllt und ich gehe endlich auf Tour.
Das Gebiet um den Danziger Platz ist mein erstes Ziel. Inzwischen hat es angefangen zu regnen, was mich dazu zwingt, bis dicht vor die Hauseingänge zu fahren. So stehe ich mal wieder die meiste Zeit im Parkverbot, während ich meine Pakete ausliefere. In diesem Gebiet sind glücklicherweise die meisten Bewohner zu Hause, was die Auslieferung doch sehr beschleunigt. Ansonsten muss man sich immer bei den Nachbarn durchklingeln, bis man endlich mal jemanden triff, der zu Hause ist und auch noch bereit ist, Pakete anzunehmen. Nicht selten nämlich stehen tagsüber viele Gebäude komplett leer, weil alle Bewohner bei der Arbeit sind! Wenn dann

mal jemand zu Hause ist, steht er seltsamerweise unter der Dusche, während er gleichzeitig durchs Sprechgerät antwortet, oder er kennt den Nachbar nicht, der interessanterweise direkt nebenan wohnt, oder Mammi hat nicht erlaubt, die Tür zu öffnen!
An der nächsten Tür werde ich gleich von einem freundlichen kleinen Hund begrüßt. Er ist noch ein Welpe, aber fast schon so groß, wie ein ausgewachsener deutscher Schäferhund! Muss wohl ein Neufundländer-Mischling sein. Ich stelle mir vor, wie groß er wohl sein mag, wenn er erst mal erwachsen ist! Wehe dem, der dann befiehlt: „Gib Pfötchen!" Derjenige findet sich danach bestimmt im Krankenhaus wieder. Diagnose: Schädelbasisbruch!
Ich gebe also mein Paket ab, hole meine Unterschrift ein und ziehe weiter. Beim Hinausgehen bellt mir der kleine Kerl noch freudig hinterher, dass ich doch noch zum Spielen bleiben sollte. Mit einiger Mühe kann ich ihn davon überzeugen, dass ich dafür leider keine Zeit habe, und verlasse endlich das Haus.
So, nun wechsle ich zum nächsten Gebiet in der Umgebung der Emil-Münz-Strasse. Auch hier werde ich meine Pakete schnell los und muss nur wenige beim Nachbarn abgeben. An einem vorgelagerten Gartentor steht ein Schild: „Vorsicht bissiger Hund!" Ich greife vorsichtshalber in die Jackentasche, wo ich das kühle Metall meines Pfeffer-Sprays spüre, während ich das Gartentor öffne. Aber es ist weit und breit kein Hund zu sehen. Erst als ich an der Haustür klingle, höre ich das japsende Gebell. Als die Besitzerin öffnet, wird das, was sich Wachhund schimpft, schließlich sichtbar. Ein winziges weisses, giftig knurrendes Fellbündel verbirgt sich hinter seiner Herrin und kläfft gelegentlich dahinter vor. Ich schätze mal, dass es sich dabei eher um einen gemeinen Kampfhamster handelt, wobei in diesem Fall die Betonung auf gemein liegt. Beruhigt lasse ich mein Pfeffer-Spray los und übergebe mein Paket. Beim Gehen verabschiede ich mich noch zähnefletschend von dem kleinen Ungeheuer und beeile mich dann, das Grundstück zu verlassen.

Ein paar Adressen später komme ich wieder an ein Grundstück, an dessen Gartentor steht: „Vorsicht gefährlicher Hund, betreten auf eigene Gefahr!" Das Fatale dabei ist nur, dass es am Gartentor keinen Klingelknopf gibt. Ich bin also gezwungen das Grundstück zu betreten! Wieder wandert meine Hand in die Tasche und ich fühle wieder das beruhigend kühle Metall des Pfeffer-Sprays. Ich gehe in Nahkampf-Stellung und öffne todesmutig das Gartentor. Nach allen Seiten sichernd schleiche ich weiter, immer darauf gefasst, von einer Bestie angesprungen zu werden. Meine Nerven sind gespannt wie Drahtseile und mein Finger ruht nervös auf dem Auslöser der Sprayflasche. Plötzlich ein Rascheln! Ich fahre herum, aber es ist nur eine Amsel, die im Geäst wühlt. Glücklicherweise bleibt der erwartete Herzinfarkt aus! Schweißgebadet erreiche ich schließlich die Haustür und klingle zaghaft. Da höre ich das tiefe Bellen eines riesigen Hundes, glücklicherweise hinter der Tür! Als er mich wahrnimmt, bekommt er einen Tobsuchtsanfall und ich frage mich, ob die Tür wohl in der Lage ist ihn aufzuhalten? Sie scheint zu halten, bis endlich die Besitzerin kommt. Sie führt mit dem Hund eine lautstarke verbale Auseinandersetzung, die der Hund schließlich verliert und endlich weggesperrt wird. Als sie die Türe öffnet, sieht sie mich verwundert an, weil ich immer noch in Nahkampf-Stellung mit dem Pfeffer-Spray im Anschlag vor ihr stehe. Mit einem verlegenen Lächeln stecke ich das Spray wieder ein und überreiche ihr das Paket. Nach der Unterschrift sieht sie nur noch einen Kondensstreifen von mir, als ich fluchtartig das Grundstück verlasse. Mit den Nerven am Ende bemerke ich erstmals, dass es endlich aufgehört hat zu regnen. Ich setze mich ins Auto und fahre zur nächsten Adresse. Da rennt aus einem kleinen Seitenweg plötzlich ein Zeitungsjunge vor mein Auto. Ich überlege mir in diesem Moment, ob vielleicht eine Kühlerfigur meinem Auto stehen würde, entscheide mich aber dann doch dagegen und mache das einzig Richtige in diesem Moment: Vollbremsung! Die Reifen quietschen, die restlichen

Pakete im Auto fliegen mir um die Ohren und der Junge steht völlig verdattert vor meinem Kühler. Als ich ihn mit freundlicher Geste dazu auffordere, endlich den Weg freizugeben, beeilt er sich, aus meiner Reichweite zu verschwinden, während sich nun doch noch der erwartete Herzinfarkt bei mir einstellt. Bei der nächsten Adresse hole ich erst mal tief Luft und ordne meine Pakete wieder.

Auch ein Paket für die Neue Rommelshauser Strasse ist diesmal dabei. Leider liegt die Adresse ganz am Waiblinger Ortsende, aber mir bleibt keine Wahl, da ich das Paket heute noch abliefern muss. Also fahre ich dort hin und laufe bis zur Wohnungstür. Die Gegend hier ist etwas ländlicher und um das Haus herum liegen einige größere Wiesen. Ich klingle, aber niemand macht auf. Auch wiederholtes Klingeln bringt nicht den gewünschten Erfolg. „Klasse!" denke ich, schon wieder kein Schwein zu Hause. Da grunzt es hinter mir! Ich drehe mich um und tatsächlich steht keine fünf Meter von mir entfernt ein echtes Schwein! Es schaut genauso verdattert drein wie ich und grunzt mich fragend an. Leider ist es nicht bereit, das Paket anzunehmen und zu einer Unterschrift kann ich es schon gar nicht bewegen. Also gut, dann nehme ich das Paket eben wieder mit und komme morgen noch einmal wieder. Diesmal kann ich aber nicht mal behaupten, dass kein Schwein da war ...

Das war glücklicherweise die letzte tierische Begegnung für diesen Tag, der sich bereits dem Ende zuneigt. Kurz vor acht Uhr gebe ich schließlich mein letztes Paket ab. Endlich Feierabend! Der Magen hängt mir schon in den Kniekehlen, weil ich natürlich mittags mal wieder nicht zum Essen gekommen bin und die Arme tun mir von der vielen Schlepperei auch schon weh. Hundemüde fahre ich in die Garage und schleppe mich noch zur Haustür. Morgen fängt der Wahnsinn von neuem an ...

Waiblinger Jagdszenen
oder Angriff der Killermaus

An einem schönen heißen Tag im August frönte Frau M. im Büro einer großen Waiblinger Handels-Firma wieder einmal ihrer Vorliebe für Kekse. Nun wäre dieser Vorgang sicher nicht weiter erwähnenswert, wenn sich nicht sämtliche desaströsen Ereignisse, die in den Tagen darauf folgten, genau auf dieses Ereignis zurückführen ließen! Denn diese Vorliebe teilte Frau M. ohne es zu wissen, mit einem heimlichen Bewohner des Büros. Auch dieser Umstand war zunächst nicht weiter von Belang, hätte der heimliche Bewohner etwas mehr Vorsicht beim Mundraub walten lassen, doch er machte sich unbekümmert über die Kekse her und hinterließ verräterische Spuren, was am nächsten Morgen zur Entdeckung seiner Anwesenheit führte. Verärgert stellte Frau M. fest, dass sie ihre Kekse in Zukunft mit einer kleinen Maus teilen musste! Leider hatte das Wort 'Maus' ungeahnte Folgen bei den restlichen Kolleginnen. Hysterie, Panikattacken und Ohnmachtsanfälle waren überall im Büro zu beobachten und noch am gleichen Tag wurde der Ausnahmezustand über das Büro verhängt, sämtliche Mitarbeiter wurden evakuiert und der Raum hermetisch verriegelt. Noch am gleichen Abend machte sich der betagte Kammerjäger daran, dem Spuk ein Ende zu bereiten. Da er sich nie zum Arzt begeben hatte, wusste keiner von der akuten Arteriosklerose des Mannes, die ihm an diesem Abend zum Verhängnis wurde. Ein Herzinfarkt raffte ihn dahin, so dass er am nächsten Morgen leblos im Büro lag. Leider wurde der kristallisierte Schrecken auf seinem erstarrten Gesicht völlig falsch interpretiert und schon bald war sich jeder sicher: Die Maus hatte ihn auf dem Gewissen! Entsetzen breitete sich aus, einige Zeitungen überschlugen sich mit immer extremeren Horrormeldungen, die Nachrichten waren voll davon und es kam Panik bei der Bevölkerung auf! Das Volk schrie nach einem Helden, der sie von der entsetzlichen Plage befreien sollte, doch hier war guter Rat teuer. Der Sicherheitsdienst war mit der Aufgabe völlig überfordert, weshalb man sich an die Polizei wandte, doch die war für tierische Verbrechen nicht zuständig. Schließlich war die Gemeinde mit dem Problem überfordert und wandte sich an die Landesregierung. Die fragte bei der Nationalgarde nach, die dafür aber auch nicht zuständig war. So übergab man das Problem schließlich an das Ministerium für innere Sicherheit des Bundes. Die wollte die Bundeswehr dafür beauftragen, die sich aber ausser Stande sah das Problem zu lösen. Dann wurde das auswärtige Amt eingeschaltet, das sich schließlich an die vereinten Nationen wandte. Diese beauftragten schließlich eine Geheimorganisation der NATO, die solche Probleme schon öfter gelöst hatte: S.M.B. (Secret Monster Busters), die geheime Monster-Brigade. Ihr Anführer ließ es sich nicht nehmen, persönlich den Einsatz zu bestreiten. So erschien er einige Nächte später schwer gepanzert und bewaffnet am Eingang der Firma, ausgerüstet mit modernster Technik, wie Laser-Scanner, Restlichtverstärker, Bewegungs-Sucher und Infrarot-Ortung. So leise wie möglich drang er in das Büro vor. Die Waffe im Anschlag und sämtliche Sinne geschärft wartete er geduldig auf seinen Gegner. Plötzlich sprach der Bewegungs-Sucher an! Der Feind war genau hinter ihm! Der furchtlose Kämpfer fuhr herum und eröffnete sofort das Feuer, doch die Maus war zu schnell und entkam seinem Angriff, das Mobiliar leider nicht. Mit gezielten Feuerstößen versuchte er die Maus in die Enge zu treiben, aber der kleine Nager war zu schlau für ihn. So zerlegte der Kämpfer innerhalb kürzester Zeit die gesamte Einrichtung, doch der Maus war er einfach nicht gewachsen! Schließlich hatte er sein letztes Magazin leer gefeuert und ging nun verzweifelt dazu über, den eingebauten Granatwerfer seiner Waffe zu benutzen. Schwere Detonationen zerfetzten den Raum, doch die Maus überstand in ihrem Loch auch diesen Feuersturm unbeschadet. Am Ende flüchtete der Kämpfer

schreiend aus dem Büro und wurde am nächsten Morgen in einer Ecke kauernd gefunden, leise wimmernd und mit klappernden Zähnen. Die Maus hatte ihm den Rest gegeben, seither fristet er sein Leben in einer remstalweit bekannten Nervenheilanstalt. Zum Glück kam seine Haftpflichtversicherung für sämtliche Schäden auf, so dass dem Unternehmen kein weiterer Schaden entstand. Inzwischen hatte der Hausmeister heimlich an einer starken Mausefalle gearbeitet, die er in der nächsten Nacht auslegte, mit Keksen als Köder! Da konnte die Maus einfach nicht widerstehen und am nächsten Tag saß das gefräßige Raubtier in der Falle! Während man sie in das Hochsicherheitsgefängnis der S.M.B brachte, wurde der Hausmeister wie ein Held gefeiert. Ein triumphaler Umzug wurde abgehalten, wobei der Hausmeister im Konfetti-Regen durch sämtliche Strassen Waiblingens gefahren wurde. Bund, Land, Gemeinde und Firma bezahlten ihm ein Vermögen für seine Heldentat. Selbst die Bundeskanzlerin kam zu Besuch und verabreichte dem Held der Nation gleich zwei Orden. Seitdem thront sein Schloss über Waiblingen und der Ehrenbürger soll Gerüchten zufolge sogar der neue Bürgermeister unserer schönen Kreisstadt werden!
Die Maus büßt ihre lebenslange Haft nun zusammen mit Godzilla, King Kong und all den anderen Monstern ab, doch niemand hat den kleinen Spalt in der Wand des Gefängnisses bemerkt. Seitdem kommt es auf der ganzen Welt immer wieder zu rätselhaften Todesfällen, wobei sich am Tatort stets winzige Fussspuren finden ...

Der verlorene Scheck

Vor einigen Monaten wurde in einer Waiblinger Bank ein Scheck mit einer größeren Summe ausgestellt. Dieser Scheck ging leider in der Poststelle verloren und blieb zunächst verschwunden. Das sorgte natürlich unter den schwatzhaften Mitarbeitern wie üblich für entsprechende Gerüchte. Leider konnten einige Mitarbeiter diese ersonnenen Gerüchte nicht für sich behalten und trugen sie nach außen. Sie wurden mit Freunden und Verwandten diskutiert und dadurch entsprechend abgeändert, weshalb der Schadensfall scheinbar immer größere Umrisse annahm. Hier sind durchaus Parallelen zu der Geschichte mit den Sieben Schwaben zu sehen, in der auch ein harmloser Hase schließlich zum grausigen Ungeheuer wurde! Diese Extremisierung wäre an sich nicht weiter von Bedeutung gewesen, doch unter den schwatzhaften Erzählern waren auch Kollegen anderer Banken, wodurch das Unheil schließlich seinen Lauf nahm. Das aufgebauschte Gerücht führte nämlich dazu, dass das Vertrauen der Banken untereinander schließlich massiv eingeschränkt wurde! Das ging so weit, dass sie sich am Ende nicht einmal mehr gegenseitig Geld liehen. Dieses gegenseitige Misstrauen blieb natürlich nicht unbeobachtet und schon in den nächsten Tagen zeigten sich erste Reaktionen an der deutschen Börse. Spekulationen über einen Finanzskandal ließen den DAX einbrechen! Dadurch wurde die scheinbare Blamage auch bei den ausländischen Banken bekannt, was weiteres Misstrauen säte. Der aufgebauschte Skandal zog immer weitere Kreise. Bei immer mehr Börsen brach der Handel ein, worauf kurze Zeit später eine globale Weltwirtschaftskrise folgte. Auf diese Chance hatten die Betriebe nur gewartet! Endlich konnten sie ihre scheinbar viel zu teuren Mitarbeiter entlassen und zu einem viel geringeren Hungerlohn wieder über Zeitarbeitsfirmen erneut einstellen. Vor allem die Zeitarbeits-Agentur der vier Hards-Brüder gewann so schnell an Macht und Bedeutung.

Schon bald waren sie die mächtigste Agentur im Land und damit der größte Arbeitgeber Deutschlands. Unter dem Vorwand der Weltwirtschaftskrise ließen sie ihre Angestellten zu immer niedrigeren Löhnen arbeiten und wurden so schnell immer noch reicher und mächtiger. Eines Tages waren sie so mächtig, dass sie durch einen Putsch die Regierung Deutschlands übernahmen! Dunkle Zeiten brachen für das Volk an, das bis auf wenige Ausnahmen schon so arm war, dass es kaum genug zu Essen hatte. Doch die vier Hards-Brüder waren noch nicht zufrieden und änderten darauf die Regierungsform in eine Monarchie. Mit einer prunkvollen Feier wurden die vier Brüder gekrönt, worauf eine dreitägige Feier gigantischen Ausmaßes folgte, der das hungernde Volk nur leidend und mit gesenkten Häuptern zusehen konnte, während die mächtigen Firmenbosse es sich an nichts fehlen ließen. Die Hards-Brüder hatten sogar extra weibliche, südamerikanische Schönheiten einfliegen lassen, damit sie den hohen Herrn zu Diensten waren. Die Feier riss natürlich ein ziemliches Loch in die Staatskasse, weshalb die Hards-Brüder kurzerhand die Leibeigenschaft verbunden mit Fronarbeit wieder einführten. Für das bereits arg gebeutelte Volk wurden die Zeiten noch härter. Da nun die Kaufkraft auf ein Minimum herab gesunken war, hatten vor allem die Maschinenbau-Firmen mit massiven Einbußen zu rechnen. Doch dem halfen die Hards-Brüder mit einer weiteren Grausamkeit ab, indem sie wieder die Folter einführten! Die Firmen stellten daraufhin ihre Produktion einfach auf Foltergräte um und entgingen so dem wirtschaftlichen Niedergang. Darauf folgte das dunkelste Kapitel für die verarmte Bevölkerung. Völlig rechtelos, verarmt und geschunden mussten sie wenigstens 16 Stunden am Tag Fronarbeit leisten, bekamen kaum noch zu essen und an eine medizinische Versorgung war schon gar nicht zu denken. Jeder, der auch nur ein Wort gegen die grausamen Zustände aussprach, landete sofort im Folterkeller der Hards-Brüder, die sich auf dem Waiblinger Galgenberg ein

monumentales Schloss erbauen ließen. Wenn die Sonne auf die gewaltigen, mit Diamanten besetzten Mauern schien, glänzte und leuchtete das Schloss in allen Farben und kündete von der gewaltigen Macht und dem unendlichen Reichtum der vier Brüder. Doch eines Tages wurde es schließlich dem geschundenen Volk zu viel und selbst die sonst so gutmütigen, demütigen deutschen Arbeiter riefen zur Revolution. Doch die zerlumpten Gestalten hatten natürlich gegen die hochgerüstete Armee der vier Hards-Brüder nicht die geringste Chance. Der Aufstand wurde blutig niedergeschlagen und grausame Strafen gegen die Anführer verhängt. So siecht das Volk weiter unter dem Joch der erbarmungslosen Herrschaft dahin und seine Hoffnung auf Erlösung schwindet von Tag zu Tag. Armes Deutschland!
Übrigens wurde der verlorene Scheck eines Tages wieder gefunden. Er war einfach hinter den Tisch gerutscht, wo ihn niemand gesehen hatte. Wer hätte wohl geahnt, dass dieses kleine Missgeschick jemals zu solcher Tragweite kommen würde!

**Das Märchen von der blauen Tonne
oder: Des Wahnsinns reiche Beute
Eine wahre Geschichte!**

Es war einmal ein junges Ehepaar, das hatte es satt, ihre Kartons immer beim weit entfernten Recycling Hof abzugeben. Da flatterte eines Tages von der Abfall-Wirtschaftsgesellschaft ein Brief ins Haus. Darin hieß es, man könnte nun eine blaue Tonne bestellen, in die man dann Kartons und alle Arten von Papier entsorgen könnte. Die junge Familie war hellauf begeistert und bestellte sich sofort eine der neuen Tonnen. Hätten sie schon damals geahnt, welch schreckliche menschliche Tragödie sie damit heraufbeschworen, wären sie natürlich nie auf dieses Angebot eingegangen, doch so nahm das Unheil seinen Lauf! Wenige Tage später war es dann schon so weit. Vor der Haustür stand eine nagelneue, glänzende blaue Tonne. Endlich konnte sich das junge Paar den langen Anfahrtsweg zum Recycling-Hof sparen und ihre Kartons und Papiere in der neuen Tonne entsorgen. Die Tonne war etwas größer, als die üblichen Mülleimer. Wohin also damit? Nach einer kurzen Absprache mit dem Hausmeister bot dieser an, die Tonne doch in den Container für die Mülleimer zu lagern. Der Hausmeister selbst holte kurzerhand seinen Mülleimer heraus und stellte ihn in die Garage, so dass nun genügend Platz für die blaue Tonne war. Dankbar lagerte das Ehepaar diese nun im Container. Doch böse Mächte intrigierten. Dunkle Wolken begannen sich am Horizont zu stapeln, als schon kurze Zeit später die ersten Beschwerden laut wurden, die riesige, furchtbar sperrige und unschöne blaue Tonne würde die anderen Bewohner dabei behindern, an ihre Mülltonnen zu kommen und es sei für sie nun deutlich schwerer, ihre Mülltonnen aus dem Container zu holen. Spannung lag in der Luft! Der Horizont verdunkelte sich weiter! Die Revolution stand kurz bevor! Die Waffen wurden geladen, ausgerichtet und entsichert!

Um schlimmeres Blutvergießen zu vermeiden, gab das Ehepaar verängstigt nach und entfernte mit eingezogenen Köpfen die blaue Tonne aus dem Container. In einer Nacht- und Nebel-Aktion schafften sie die ungeliebte blaue Tonne in die Tiefgarage und stellten sie vor ihrem Auto auf, in der Hoffnung, damit die politisch brisante Lage zu entspannen, doch es kam noch schlimmer! Der Himmel verdunkelte sich vollständig. Es gab keinen Tag und keine Nacht mehr! Die Tiere flüchteten aus den Gärten und ein eisiges Schweigen kündete von der nahenden Katastrophe! Donner grollte und Blitze zuckten, als man das Ehepaar aufforderte, die blaue Tonne wieder aus der Garage zu entfernen. Diesmal mit der Begründung, dass Gegenstände mit brennbarem Inhalt nicht in der Garage gelagert werden durften! Natürlich stellten da Autos, Benzinkanister, Propangas-Flaschen und Brennspiritus-Behälter eine Ausnahme dar, denn die waren, laut der göttlichen Verfügung der anderen Hausbewohner, mit einem mächtigen Schutz-Zauber versehen, der diese Besitztümer absolut unbrennbar machte! So machte sich das geschundene und vernichtend geschlagene Ehepaar zerlumpt und verarmt zur Abfall-Wirtschaftsgesellschaft auf, fiel dort vor dem Vorsitzenden auf die Knie und flehte ihn an, die Hausbewohner von dieser entsetzlichen blauen Tonne zu befreien, die so viel Unheil, Leid und schreckliche Zerstörung verursacht hatte. Der arme Beamte hatte ein Herz für die armen Leute und versprach unter Tränen, die Tonne in den nächsten Tagen abholen zu lassen. So schlich sich das Ehepaar in tiefster Nacht zu ihrer Wohnung zurück und verbarrikadierte sich Monate lang darin. Der Beamte hielt sein Versprechen und die Tonne wurde tatsächlich nach wenigen Tagen abgeholt. Da verzogen sich endlich die schwarzen Wolken. Es gab wieder einen regelmäßigen Tag-Nacht Zyklus und allmählich kehrten auch die Tiere zurück. Lange Zeit hielt sich das Ehepaar verborgen, bis die Wut der Anwohner verraucht war, die Waffen entladen und wieder verstaut wurden.

Erst sehr viel später trauten sie sich wieder ans Tageslicht. Die seelischen Wunden waren tief und heilten nur sehr langsam. Heute ist von der Tragödie nichts mehr zu sehen und das Ehepaar führt wieder ein ganz normales Leben. Nur in den Geschichten der Anwohner lebt diese schreckliche Tragödie weiter und wird zur Mahnung aller immer wieder erzählt. Bis heute fährt das Ehepaar seine Kartons brav zum Recycling Hof, und wenn sie nicht gestorben sind, dann fahren sie noch heute.

Kleinschreckbach und Sockenbach oder Idioten-Planet

Die Bewohner des Planeten Freidenk beobachteten schon seit langer Zeit die Leute in den Dörfern Kleinschreckbach und Sockenbach von ihrem Raumschiff aus. Dabei fiel ihnen immer wieder die primitive Kultur und Lebensweise der Leute auf. Missgunst, Neid, Getratsche, dummes Gerede und Spießigkeit waren an der Tagesordnung. Jeder beobachtete intensiv die Nachbarn und zog dann mit endlosem Phrasendreschen über den Anderen her. Die Freidenker dachten zuerst, dass sich die Kultur mit der Zeit weiter entwickeln würde, doch die Leute blieben stets auf dem gleichen primitiven geistigen Niveau. So konnte das einfach nicht weitergehen dachten sich die Freidenker und beschlossen schließlich den Bewohnern der beiden Dörfer zu helfen. So landete ihr riesiges Raumschiff an der einzigen Stelle, die groß genug dafür war, nämlich über der langen Landstraße, welche die beiden Dörfer verband. Das verursachte natürlich gleich wieder viel Gerede über das seltsame Bauwerk, das scheinbar plötzlich in der Nacht über der Straße entstanden war. Derweil flogen die Freidenker mit einem kleinen Gleiter zum Rathaus von Kleinschreckbach. Um die Bewohner nicht zu verunsichern, hatten sie menschliche Gestalt angenommen. Der Bürgermeister empfing sie ein wenig verwundert, aber freundlich. So erklärten die Freidenker ihm, dass sie den Bewohnern seines Ortes gerne ihr Wissen und ihre Technologie zur Verfügung stellen wollten, damit diese sich weiter entwickeln und einen höheren Lebensstandard erreichen konnten. Doch der Bürgermeister winkte nur ab.

»Awa, des brauche mir net! Ons geht's gut so!« meinte er gelangweilt.

»Aber ihr könntet zu den Sternen reisen, neue unbekannte Welten entdecken, die Geheimnisse des Universums erforschen, eure Energieversorgung verbessern und eure Umwelt schonen. Ihr könntet besser und weiter forschen und euren Lebensstandard deutlich erhöhen, euer Wissen und eure Kultur erweitern!« antworteten die Freidenker verwirrt.

»I sag doch, des brauche mir älles ned! Mir san glücklich, wenn mir über onsre Nachbarn schimpfe könet, onsre Vierdele uffm Woifeschd schlotze kennet, ond ned zom Fleggegspräch werdet!« antwortete der Bürgermeister genervt. »Jetzt halded mi ned länger mit eirem blede Gschwätz uff, sondern guget, dass ihr Land gwinnet ihr alde Spinner!« warf der Bürgermeister sie hochkant hinaus.

Die Freidenker waren über so viel Dummheit und Spießigkeit entsetzt, wollten jedoch nicht gleich aufgeben und flogen zum Rathaus von Sockenbach. Der dortige Bürgermeister war zwar etwas freundlicher zu ihnen, lehnte jedoch aus den gleichen Gründen ab, wie schon zuvor der Bürgermeister von Kleinschreckbach. Stattdessen lud er die Freidenker zum Weinfest am nächsten Tag ein, damit sie sich ein eigenes Bild von dieser Festlichkeit und Tradition machen konnten. Die Freidenker bedankten sich und nahmen die Einladung gerne an. Interessierte es sie doch, wie so ein Weinfest im Detail ablief. So setzten sie sich am folgenden Tag mitten unter die Gäste des Weinfestes. Doch schon die musikalische Unterhaltung verhieß nichts Gutes. Lieder wie „Resi, I hol di mit meim Traktor ab", „In München steht ein Hofbräuhaus" oder „Frau Meier hat gelbe Unterhosen an" erschienen den Freidenkern doch ausgesprochen primitiv. Als einige Zeit später der größte Teil der Gäste schon stark angetrunken war und während der Gespräche wieder nur über die Nachbarn hergezogen wurde, waren die Freidenker doch ziemlich entsetzt. Lallende, torkelnde Gäste rempelten sie an und verschütteten ihre Getränke über sie. Den Freidenkern war es ein Rätsel, was den Bewohnern der beiden Dörfer daran so gefiel, sich derartig primitiv und niveaulos zu benehmen, doch scheinbar hatten sie großen Gefallen daran. So unternahmen die Freidenker einen letzten Versuch und fragten die Gäste in ihrer Nähe, ob sie sich nicht für ihre Technologie interessierten. Doch die reagierten genauso ungehalten und interesselos wie der Bürgermeister von Kleinschreckbach. Als sie dann von den Geheimnissen des Universums zu erzählen begannen, wandten sich die Gäste nur gelangweilt von ihnen ab.

»Das kann euch doch nicht völlig gleichgültig sein!« riefen die Freidenker verzweifelt.

»Braucht ma des?« kam nur die dumme Frage eines Gastes.

»Sauf lieber no ä Vierdele!« rief ein anderer Gast.

»Halt dei dumme Gosch, sonscht kriegsch a paar uffs Maul!« bedrohte sie gar einer der Leute neben ihnen.

»Also bitte, deshalb muss man doch nicht gleich brutal werden«, sprachen die Freidenker empört.

»Hey, I glaub die Jungs do wollet Ärger!« rief der gleiche Gast lallend und krempelte die Ärmel hoch, was viele der umstehenden Gäste nun auch taten. Ihr Gesichtsausdruck verhieß nichts Gutes. Kurze Zeit später verließen die Freidenker fluchtartig das Fest, gefolgt von einer wütenden Schar betrunkener Gäste. Mit Dreschflegeln, Mistgabeln, Schaufeln und Knüppeln bewaffnet jagten die Dorfbewohner die Freidenker vor sich her, die sich gerade noch rechtzeitig in ihr Raumschiff retten konnten. Dessen Kapitän wollte schon das Feuer auf die betrunkene Meute eröffnen, doch der Chef der Delegation hielt ihn davon ab und befahl nur einen Alarmstart. Schließlich waren die Freidenker ein friedliches Volk. Ein Einsatz überlegener Waffen kam nicht in Frage, schon gar nicht bei solch einem primitiven Gegner. So hob das Raumschiff kurze Zeit später ab und raste auf einem langen Feuerschweif in den Himmel. Die wütende, betrunkene Meute der Dorfbewohner brüllte ihnen noch grölend Verwünschungen und derbe Schimpfworte hinterher. Die entsetzten Freidenker mussten sich erst einmal von dem Schock erholen. Sie konnten es einfach nicht glauben, dass die Dorfbewohner ihr großzügiges Angebot abgelehnt hatten, welches ihr Leben doch um so vieles reicher gemacht hätte. Stattdessen hatte man ihnen sogar Gewalt angedroht und sie vertrieben! Tatsächlich wollten die Dorfbewohner ihr primitives, spießiges Leben für alle Zeit so weiter führen. Neuerungen gleich welcher Art waren tabu und nicht von Interesse. Das hatten die Freidenker schmerzhaft lernen müssen. So entschlossen sie sich zum Schutz weiterer Besucher aus dem All im Sonnensystem Funkbojen zu verteilen, die jeden vor diesem Planeten warnen sollten. Die Funkbotschaft war klar und deutlich:

»Achtung! Meiden sie unbedingt den dritten Planeten des Sonnensystems. Auf keinen Fall landen! Es handelt sich um einen Idioten-Planeten! Bei Landung besteht akute Verblödungsgefahr! Es wird empfohlen, das gesamte Sonnensystem weiträumig zu umfliegen!

Seit dieser Zeit traut sich kein Außerirdischer mehr in unser Sonnensystem. Hier haben die Bewohner von Kleinschreckbach und Sockenbach ganze Arbeit geleistet. Da die Menschheit scheinbar nicht selbst in der Lage ist, endlich vernünftig und zu werden und stattdessen lieber sich selbst und die Erde zugrunde richtet, ist ein Untergang wohl vorprogrammiert. Dabei wäre sicher Hilfe von außen nützlich, doch die bleibt nun mit Sicherheit aus, dank der Dummheit und Arroganz der Menschen!

Noch ein Wort in eigener Sache zur Frage „Braucht man das?" Schon allein die Pauschalisierung durch die Verwendung des Begriffes „man" ist an Arroganz kaum zu überbieten. Sieht sich doch dadurch der Fragensteller selbst als das Maß aller Dinge und bestimmt damit, dass alle Anderen genauso sein und denken müssen wie er selbst. Führt man die Frage weiter, so lässt sich natürlich vieles mit „Nein" beantworten. Braucht man eine Wohnung?

Nein, man kann auch in einer Höhle hausen. Braucht man einen Herd? Nein, man kann auch ein Lagerfeuer machen und darüber seine Speisen zubereiten. Man sieht, worauf das schließlich hinausläuft. Es ergibt sich nämlich die nächste Frage: Wo fängt es an und wo hört es auf? Am Schluss landet man dann bei der Frage: Braucht man die Frage „Braucht man das" überhaupt? Damit stellt sich die Frage selbst in Frage und wird dadurch sinnlos!

Meine lieben Leser, wenn sie also wieder einmal dazu geneigt sind, die Frage „Braucht man das?" zu stellen, schalten sie bitte vorher ihre höheren Gehirnfunktionen ein und denken sie zuerst einmal nach, bevor sie den Mund aufmachen. Sie könnten sich nämlich ziemlich blamieren!

Diejenigen Leser, welche aufgrund ihres mangelnden Intellekts nicht in der Lage sind meinen Gedanken zu folgen, rate ich hier einfach nur diese Frage nicht zu stellen. Es sei denn, sie hegen den großen Wunsch, sich lächerlich zu machen!

Das Würfelspiel

Es war Freitag Abend. Jenny hatte heute ihre Arbeit etwas früher beendet und erreichte den Bahnhof noch bevor es völlig dunkel war. Wie üblich wanderte ihr Blick zur großen Anzeigetafel, welche die abfahrenden Züge in chronologischer Reihenfolge darstellte. Auch heute fuhr ihr Zug nach Waiblingen wieder pünktlich ab. Diesmal musste sie sich aber nicht beeilen, um rechtzeitig am Gleis zu sein. Im Gegenteil, sie hatte heute noch mehr als eine halbe Stunde Zeit, bis ihr Zug abfuhr. So schlenderte sie zum Warteraum hinüber und öffnete die Tür. Nur wenige Leute saßen heute da und warteten auf ihren Anschluss. Im hinteren Bereich des Raumes erkannte sie einen alten Mann, der etwas abseits saß und irgendwie traurig aussah. Aus irgendeinem Grund empfand sie Mitleid für den alleine dasitzenden Mann und steuerte in seine Richtung. Als sie ihn erreicht hatte, fragte sie höflich: »Ist der Platz neben Ihnen noch frei?«

Der alte Mann sah auf und begann freundlich zu lächeln, als er Jenny erblickte. »Aber sicher«, bestätigte er und machte eine einladende Geste zu dem Sitz neben sich. »Setzen Sie sich ruhig.«

Jenny nickte freundlich und setzte sich neben den alten Herrn. Es war normalerweise nicht ihre Art, sich einfach neben einen völlig fremden Herrn zu setzen, schon gar nicht, wenn wie heute noch so viele freie Plätze zur Verfügung standen, aber irgendwie war ihr der alte Mann sympathisch. Er schien sich sogar darüber zu freuen, dass ihm hier jemand Gesellschaft leistete.

»Warten Sie auch auf den Zug nach Waiblingen?« fragte der alte Mann freundlich.

Jenny sah ihn überrascht an. »Ja, das tue ich tatsächlich! Sie etwa auch?«

Der alte Mann nickte schmunzelnd. »Dann haben wir beide ja das gleiche Ziel.«

»Scheint so«, antwortete Jenny ein wenig verlegen.

»Würden Sie bei einem kleinen Würfelspiel mitmachen?« fragte der alte Mann nach einer kurzen Pause. »Dann geht die Zeit ein wenig schneller vorbei.«

»Ich fürchte, ich bin in solchen Dingen nicht besonders geschickt«, antwortete Jenny unsicher.

»Ist doch nur zum Zeitvertreib«, meinte der alte Mann darauf zwinkernd.

»So lange sie nicht um Geld spielen wollen, kann ich es ja mal versuchen«, lenkte Jenny nach einigem Zögern ein.

»Oh nein! Ganz bestimmt nicht!« versicherte der alte Mann. An Geld liegt mir nichts. Dafür um so mehr am Glück der Menschen. Er griff in seine Jackentasche und holte einen Becher mit drei Würfeln hervor, der eigentlich gar nicht in die enge Tasche passte. »Es ist ganz einfach. Jeder von uns schüttelt die Würfel im Becher und dreht ihn dann um. Derjenige mit den meisten Augen auf den Würfeln gewinnt.« Mit verschmitztem Lächeln reichte er Jenny den Becher.

Sie nahm in unsicher in die Hand, schüttelte kurz kräftig und ließ dann die Würfel auf die breite Armlehne kullern. Es waren insgesamt acht Augen zu sehen. Dann füllte sie die Würfel wieder in den Becher und reichte ihn dem alten Mann.

Der nahm ihn schmunzelnd an sich und tat es ihr nach. Er warf diesmal zehn Augen.

»Ich habe ihnen ja gesagt, dass ich in solchen Dingen nicht besonders gut bin«, bemerkte Jenny.

»Ach was, das nächste Mal haben sie bestimmt mehr Glück!« meinte der alte Mann und reichte ihr erneut den Becher. »Probieren Sie es gleich nochmal.«

»Wenn sie meinen«, antwortete Jenny skeptisch und nahm den Becher an sich. Tatsächlich hatte sie beim nächsten Spiel mehr Glück und warf mehr Augen als er.

»Na sehen Sie, so schlecht sind Sie doch gar nicht!« meinte er zwinkernd und begann ein neues Spiel. So ging es noch mehrmals hin und her, während es draußen allmählich dunkel wurde. Mit der Zeit gewann der alte Mann aber immer mehr Spiele und Jenny bemühte sich immer verbissener zu gewinnen.

»So langsam glaube ich, sie schummeln!« sprach sie scherzhaft an den alten Mann gewandt.

»Oh nein! Glauben Sie mir, ich will nur Ihr Bestes!« versicherte er ungewöhnlich ernst und spielte weiter. Doch irgendwie hatte Jenny keine Chance gegen den alten Mann und verlor ein Spiel nach dem anderen. Schließlich gab sie entnervt auf.

»Ich glaube sie sind einfach besser, ich bin doch nur noch am verlieren«, gab sie zu.

»Und ihren Zug haben Sie auch verpasst!« antwortete der alte Mann grinsend.

»Was!« rief Jenny entsetzt und sah auf ihre Armbanduhr. Tatsächlich, es war zu spät, der Zug war vor wenigen Minuten abgefahren! »Oh nein, jetzt komme ich zu spät nach Hause!«

»Wahrscheinlich verlieren sie so höchstens eine Stunde, aber dafür haben Sie viele Jahre gewonnen!« meinte der alte Mann geheimnisvoll.

Jenny sah ihn überrascht an und wollte gerade zu einer Frage ansetzen, als sie im Lautsprecher die Durchsage hörte, dass die Strecke nach Waiblingen wegen technischer Störungen bis auf Weiteres gesperrt sei. In diesem Moment zog eine Vision vor ihrem inneren Auge vorbei, wie die S-Bahn nach Waiblingen mit einem Güterzug zusammen stieß! Eine schreckliche Explosion zerfetzte den Zug, überall loderte Feuer, schrien Menschen. Ihre Schmerzen waren für Jenny fast körperlich spürbar. Mit Entsetzen erkannte Jenny, dass diese Vision der Wirklichkeit entsprach! Das was sie da sah ereignete sich tatsächlich weiter entfernt, irgendwo da draußen in der Nacht! Dann war die Vision auf einmal vorbei und Jenny saß wieder auf ihrem Stuhl im Wartesaal, zitternd und mit schreckgeweiteten Augen. Sie versuchte die schrecklichen Bilder abzuschütteln und sah sich in der Halle um. Doch wo war der alte Mann? Vor wenigen Sekunden war er doch noch neben ihr gesessen. Jenny suchte mit ihren Blicken den ganzen Raum ab. So schnell konnte er doch gar nicht den Raum verlassen haben, doch der alte Mann blieb verschwunden, wie vom Erdboden verschluckt! Das Einzige was noch an ihn erinnerte war das Würfelspiel, das sie immer noch in den Händen hielt. Allmählich wurde ihr klar, was wirklich geschehen war und was der alte Mann mit seiner Bemerkung meinte, dass ihm nur das Glück der Menschen wichtig sei und er nur ihr Bestes wollte. Er hatte ihr das Leben gerettet! Wie war doch gleich seine Bemerkung gewesen:

»Wahrscheinlich verlieren sie so höchstens eine Stunde, aber dafür haben Sie viele Jahre gewonnen!«

Warum war ausgerechnet sie verschont geblieben? Warum hatte er sie gerettet? Wer oder was war der alte Mann eigentlich? Diese Fragen schossen ihr durch den Kopf, während sie zusammengesunken auf ihrem Sitz kauerte und die Umgebung um sie herum kaum wahrnahm. Nach einer scheinbar unendlich langen Zeit hörte sie eine Durchsage, dass die Fahrgäste nach Waiblingen den Rest des Abends mit Bussen gefahren werden, da die Bahnstrecke noch für Stunden blockiert sei. Wie in Trance machte sich Jenny zur Bushaltestelle auf und stieg in das Fahrzeug, dem sie zugeteilt wurde. Verstört bemerkte sie, dass sie immer noch das Würfelspiel wie angeklebt in der Hand hielt. Da fuhr der Bus los und Jenny warf einen kurzen Blick aus dem Fenster. Sie glaubte ihren Augen nicht zu trauen. Da draußen stand der alte Mann in einen Kreis aus Licht gehüllt und winkte ihr lächelnd zu! Es war das warmherzigste Lächeln, das Jenny je in ihrem Leben gesehen hatte und auch jemals wieder sehen sollte. Eine innere Ruhe und tiefe Dankbarkeit durchströmte sie. Schließlich nickte sie dem alten

Mann zum Dank noch einmal zu. Als sie den Kopf hob, war er verschwunden. Keiner im Bus schien die leuchtende Gestalt wahrgenommen zu haben. Doch Jenny wusste, dass sie dem Tod gerade noch einmal von der Schippe gesprungen war. Sie hatte noch einmal eine Chance bekommen! Sie würde sie nutzen, das versprach sie dem alten Mann ganz fest ...

Wehrlos

Sonja fand sich in einem fremden Raum mit dämmeriger Beleuchtung wieder. Sie lag der Länge nach ausgestreckt auf einem weichen Bett und wunderte sich, wie sie hierher gekommen war. Gerade wollte sie die Arme herunter ziehen, doch es ging nicht. Sie drehte den Kopf nach oben und erkannte mit schrecken, dass ihre Hände an die Bettpfosten gefesselt waren! Auch ihre Füße waren fixiert, so dass sie sich praktisch kaum bewegen konnte. Als sie an sich hinab sah, durchfuhr sie erneut Bestürzung. Bis auf ihren Slip war sie nackt! Panik stieg in ihr auf, als sie plötzlich Schritte hörte. Dann wurde die Tür vor dem Bett geöffnet und ein junger Mann, der etwa in ihrem Alter war, trat ein. Er sah sie mit ruhiger Miene an, während Sonja stammelte: »Bitte tun sie mir nichts!«

Der junge Mann machte eine beschwichtigende Geste. »Hab keine Angst, niemand tut dir etwas zuleide.« Darauf schwieg er kurz, um seine Worte wirken zu lassen. Seine sonore Stimme war geheimnisvoll beruhigend und der Blick seiner eisgrauen Augen verursachte Sonja eine Gänsehaut. Dann sprach er weiter: »Im Gegenteil! Du sollst hier eine äußerst angenehme Zeit verbringen. Also entspann dich und genieße es einfach.« Der Klang seiner mystischen Stimme wirkte wie eine Droge auf Sonja und sie beruhigte sich tatsächlich, während sie ihren Blick nicht von seinen faszinierenden Augen lösen konnte. Er trat langsam näher und begann ihr übers Haar zu streichen. Dabei lächelte er geheimnisvoll. Sonja wurde kurz schwindlig in seiner Nähe, doch sie genoss es, als er zärtlich ihre Wangen streichelte. »Entspann dich, es wird wunderschön werden«, sprach er wieder mit seiner hypnotischen Stimme und Sonja konnte nicht anders, als seiner Aufforderung zu folgen. Darauf begann er, sie zärtlich mit seinen Händen zu liebkosen. Sie waren weich, warm, und jede Berührung löste ein angenehmes Kribbeln aus. Normalerweise hätte Sonja nie einer fremden Person erlaubt sie anzufassen, doch aus irgendeinem Grund vertraute sie ihm sofort. Sie konnte sich seiner geheimnisvollen Aura nicht entziehen und fühlte sich auf magische Weise von ihm angezogen! Ja sie wünschte sich sogar, dass er sie berührte, und er kam diesem Wunsch nun ausgiebig nach.

Sonja genoss jede seiner zärtlichen Berührungen. Sie lösten zunehmend angenehme Emotionen aus, die sie schon seit längerer Zeit nicht mehr empfunden hatte. Die Angst wich von ihr und machte einem Gefühl behaglicher Geborgenheit platz, während sie sich von ihm verwöhnen ließ. Warum sah der Typ auch nur so verdammt gut aus? Immer wieder hob er den Blick und sah sie mit seinem mystischen Lächeln an, derweil sie langsam aber sicher in seinen faszinierenden Augen versank. Seine sanften Kontakte mit ihrer nackten Haut lösten stets aufs Neue Schauer wohliger Wellen aus, die ihren Körper durchzogen und äußerst angenehme Gefühle verursachten.

»Ist das schön?« fragte er leise, während er sie weiter liebkoste.

Sonja nickte strahlend und summte zustimmend.

»Gut, dann wird es Zeit für etwas Neues«, sprach er geheimnisvoll und entfernte sich kurz. Als er zurück kam hielt er zwei Federn in den Händen.

Sonja erschrak jäh und wurde aus ihrer Entspannung gerissen.

»Oh nein, bitte keine Federn!« rief sie entsetzt.

Der junge Mann lächelte amüsiert. »Ich weiß, dass du eine Aversion dagegen hast, doch die möchte ich dir nehmen. Keine Sorge, diesmal wirst du es lieben!«

Davon was Sonja zuerst gar nicht überzeugt. Aber woher wusste er das? Sie hatte diesen Mann schließlich nie zuvor gesehen und an jenem schrecklichen Abend damals war er auch nicht dabei gewesen. Wieder kehrte ihre Erinnerung an den Tag vor ihrem sechzehnten Geburtstag zurück. Zu dieser Zeit hatte sie im Sommer immer nur recht kurze Oberteile getragen, die knapp unter ihren Brüsten endeten und so einen äußerst freizügigen Blick auf ihre wohlgeformte Bauchgegend gestatteten. Dazu hatte es ihr Spaß gemacht, mit ihrem frechen Mundwerk die Jungs in ihrer Klasse zu ärgern. Eines Tages wurde sie zu einer Party eingeladen, nicht ahnend, dass die Jungs ihr eine Falle stellen wollten. Natürlich tauchte sie auch an diesem Tag wieder bauchfrei gekleidet auf und war ziemlich frech. Darauf hatten sie ihre Mitschüler unter einem Vorwand in ein leeres Zimmer gelockt. Dort wurde sie dann von drei der Jungs gepackt und aufs Bett geworfen. Bevor sie begriff was geschah hatte einer der Jungen ihr die Arme über den Kopf gelegt und saß auf ihren Handgelenken, derweil die anderen beiden Jungen plötzlich Federn in den Händen hielten. Diese ließen sie sogleich in rascher Folge auf dem nackten Bauch des nun wehrlosen Mädchens kreisen. Sonja wusste nicht mehr, wie lange sie sich lachend, schreiend und strampelnd auf dem Bett gewälzt hatte, während die Jungen sie gnadenlos kitzelten. Sie konnte sich nur noch daran erinnern, wie sie fluchtartig und unter Tränen die Party verließ. Später gestand sie sich doch ein, dass sie am Verhalten der Jungen nicht ganz unschuldig war. Schließlich hatte sie diese mit ihrer aufreizenden Kleidung und ihrem frechen Mundwerk oft genug provoziert. So kleidete sie sich zukünftig weniger auffallend und hielt ihre lockere Zunge eher im Zaum. Doch nun, acht Jahre später, war sie plötzlich in der gleichen präkeren Lage. Wieder lag sie wehrlos und nackt vor einem jungen Mann mit Federn in den Händen. Unwillkürlich spannte sie sich an, als er näher kam. »Bitte nicht!« sprach sie fast schon flehend.

»Keine Sorge! Entspanne dich und genieße es. Das wird dir gestimmt gefallen!« meinte er mit seiner sonoren Stimme.

Wieder wirkte die Stimme geheimnisvoll und beruhigend auf Sonja, während sie erneut von seinem Blick gefangen genommen wurde. Dann berührte er sie mit den Federn. Tatsächlich waren es zärtliche Berührungen, die eher streichelten als kitzelten. Auch war er vorerst bemüht, ihre empfindlichen Stellen zu meiden, so dass

Sonja sich schnell wieder beruhigte und bald schon die Behandlung genoss. So wurde auch der junge Mann etwas mutiger und ließ die Federn nun manchmal über ihre kitzligen Stellen gleiten, worauf Sonja dann doch kurz kichernd zusammenzuckte. Da er jedoch darauf aus war, sie mehr mit den Federn zu liebkosen, empfand sie es eher prickelnd, wenn er ihre kitzligen Stellen streichelte. Schließlich wurde ein Spiel daraus, indem er sie immer wieder überraschend an einem anderen Punkt berührte, so dass Sonja nie wusste, ob er sie nun streicheln oder kitzeln würde. Sie fand zunehmend Spaß an diesem Spiel und es störte sie nun nicht mehr, dass sie ihm wehrlos ausgeliefert war. Im Gegenteil, die Wehrlosigkeit machte die Sache noch prickelnder! Er erweiterte das Spiel, indem er ihr nun die Augen mit einer Maske verdeckte. So konnte sie nun nicht länger seinen Armen folgen und wusste gar nicht mehr, wo er sie als nächstes berührte, was das Spiel noch prickelnder machte. Doch so leicht wollte sie es ihm auch nicht machen und versuchte sich darauf das Lachen zu verkneifen, wenn er ihre kitzligen Stellen streichelte. Er spielte mit, ließ sie manchmal gewinnen und manchmal streichelte er ihre empfindlichen Stellen so lange, bis sie sich kichernd unter seinen Federn wand. Sonja genoss das Spiel immer mehr. Sie hatte zuvor nicht geahnt, dass es so angenehm war und so viel Spaß machen konnte, sich jemandem wehrlos auszuliefern. So war sie schon fast enttäuscht, als er das Spiel schließlich beendete.

»Jetzt darfst du dich richtig entspannen«, prophezeite er mit seiner mystischen Stimme und zog sich zwei Handschuhe aus weichem Fell über die Hände, während sein hypnotischer Blick auf ihr ruhte. Wieder wäre Sonja am liebsten in seinen Augen versunken. Schon sehnte sie sich nach weiteren Berührungen und er kam diesem Wunsch gerne nach. Nun liebkoste er sie immer intensiver mit den Handschuhen. Das weiche Fell und die Wärme seiner Hände waren ausgesprochen wohltuend und verursachten wieder Schauer angenehmer

Wellen in ihrem Körper, die sie nun in vollen Zügen genoss. Erneut wallten wohlige Gefühle in ihr auf und bald trieb sie auf ein Meer behaglicher Empfindungen hinaus. Wieder verstärkte er die Emotionen, indem er sie nun leidenschaftlich küsste. Jede Berührung seiner Lippen mit ihrer nackten Haut, gepaart mit dem Streicheln des warmen Fells verursachten kleine Explosionen angenehmster Gefühle im ganzen Körper. Sie war absolut begeistert und wollte, dass er nie mehr aufhörte, als er kurz den Blick hob und sein Gebiss entblößte. Seine langen Eckzähne wurden sichtbar, mit denen er nun zuerst sanft über ihre Haut glitt, später dann fester zudrückte und ihre Haut immer wieder leicht ritzte. Doch Sonja machte es nichts mehr aus, als sie seine wahre Identität endlich erkannte. Sie war ihm bereits total verfallen und tauchte in einen Ozean herrlicher Gefühle ein! Er nahm sie gerne dorthin mit und zog sie immer tiefer hinab, bis sich die hübsche junge Frau völlig in ihm verlor!

*

Sonja erwachte in der Sicherheit des eigenen Schlafzimmers. Es war Sonntag und sie hatte sich mit niemandem verabredet, weshalb sie den Tag heute gänzlich für sich nutzen konnte. So genoss sie weiterhin die Wärme des Bettes und kuschelte sich wieder in die Kissen. Solch einen schönen und intensiven Traum hatte sie schon lange nicht mehr gehabt. Doch dann spürte sie allmählich ein leichtes Ziepen an mehreren Stellen ihres Oberkörpers. Sonja erhob sich verwundert und erschrak, als sie die dunklen Striemen an den Hand- und Fußgelenken sah. Darauf zog sie das Oberteil ihres Pyjamas aus und starrte in den Spiegel. Woher kamen nur all die vielen paarweise parallel verlaufenden tiefen Kratzer ...

**Die wunderbare Reise
Eine Weihnachtsgeschichte**

Es war der Abend des dreiundzwanzigsten Dezembers und Lisa lag, wie schon so viele Male zuvor, im Krankenhaus. Das zehnjährige Mädchen hatte Krebs im Endstadium und war bereits, wie es die Ärzte so schön nannten, austherapiert. Lisa hatte gehofft Weihnachten zu Hause mit ihren Eltern verbringen zu können, doch leider hatte sich ihr Zustand rapide verschlechtert, so dass ein Krankenhausaufenthalt unumgänglich war. Nun lag sie müde und traurig in dem abgedunkelten Zimmer. Das vertraute Summen und Klicken der Apparate, die ihre Lebensfunktionen überwachten, machte sie schläfrig und alsbald fielen ihr die Augen zu. Kurze Zeit später erschien eine Gestalt neben ihrem Bett. Es war ein Junge, etwas älter als sie selbst, der von einem seltsamen Licht umhüllt wurde! Er hatte ein freundliches Gesicht und seine Aura war warm und herzlich.

»Sei gegrüßt kleine Lisa«, sagte der Junge freundlich. »Mein Name ist Dyriell und ich möchte dich auf eine wunderschöne Reise mitnehmen.«

Lisa sah ihn verwundert an. Wo kam dieser Junge nur so plötzlich her? War er etwa ein Engel? »Muss ich denn heute schon sterben?« fragte Lisa unglücklich.

Der Junge lächelte sanftmütig und schüttelte den Kopf. »Nein, dazu ist es noch zu früh. Du sollst mich nur auf einer kurzen, aber angenehmen Reise ein Stück weit begleiten. Dir kann dabei nichts geschehen, denn ich werde gut auf dich aufpassen und dich wohlbehalten zurückbringen. Du wirst staunen, denn es gibt viele interessante Dinge zu entdecken und zu erfahren! Möchtest Du mich begleiten?« fragte der Junge freundlich.

»Warum soll ich ihn nicht begleiten?« dachte Lisa. »Immer noch besser, als hier in diesem langweiligen Zimmer alleine zu liegen.«

Dyriell schien ihre Gedanken zu erraten und streckte lächelnd eine Hand nach ihr aus. Lisa ergriff sie und im nächsten Moment schwebte sie mit dem Jungen aus dem Zimmer in den mit Sternen übersäten Nachthimmel. Kurze darauf erreichten sie einen Wald und Dyriell zeigte ihr all die Lebewesen, die dort lebten, vom winzigen Insekt bis zum majestätischen Hirsch. Er zeigte ihr auch die zahlreichen Pflanzen und erklärte ihr, wie sie entstanden waren, wie sie diesen Lebensraum einst besiedelten und welche Rolle sie in der Natur spielten. Dyriell beschrieb jedes Detail, beantwortete geduldig Lisas Fragen und erläuterte in welchem Zusammenhang all die Lebewesen zueinander standen. Bald schon begriff Lisa, welch ein faszinierender und vielseitiger Ort dieser Wald war. Dann führte Dyriell sie weiter in eine Wüste, zeigte Lisa, dass dieser scheinbar so lebensfeindliche Ort doch die Heimat vieler Lebewesen war! Wieder beschrieb er die einzelnen Bewohner und mit welch beeindruckenden Strategien sie den Mangel an Wasser, die große Hitze am Tag und die eisige Kälte bei Nacht überstanden. Lisa staunte nicht schlecht und bald bewunderte sie die Bewohner dieses kargen Lebensraumes. Weiter ging es ins Hochgebirge, dann in die Sümpfe, in die Tundra, in die Steppe, bis tief in die Regenwälder. Sogar ins Meer tauchten sie hinab! Lisa hatte zuerst Angst, sie würde hier unten ertrinken, doch das Atmen unter Wasser bereitete ihr erstaunlicherweise keine Mühe. Auch hier erklärte Dyriell ihr all die verschiedenen Lebensräume, von den lichtdurchfluteten tropischen Riffen mit ihren zahllosen Bewohnern bis hinab in die dunkle, kalte Tiefsee! Lisa war fasziniert von all dem Leben und wie es zusammen wirkte. Dabei vergaß sie ganz, wie krank sie eigentlich war und wie schlecht sie sich noch kurz zuvor gefühlt hatte. Sie verstand nun immer mehr, wie komplex und trotzdem sensibel dieses faszinierende Netzwerk aus Biotopen war, wie all das Wirken der Lebensräume und ihrer Bewohner ineinander griff und ein faszinierendes Ganzes bildete! So überkam

Lisa bald eine tiefe Ehrfurcht vor dem Leben auf ihrer Welt. Gleichzeitig musste sie mit ansehen, wie die Menschen mit ihrem rücksichtslosen Handeln nahezu alle Lebensräume immer mehr in Gefahr brachten, zerstörten und ausbeuteten. Jetzt begriff sie den Sinn dieser Reise! Genau diese Ehrfurcht und diese Erkenntnis wollte Dyriell ihr damit vermitteln. Der Junge erkannte es mit Genugtuung, worauf er Lisa wieder wohlbehalten in ihr Krankenbett zurückbrachte.

»Danke für diese wunderbare Reise!« sprach Lisa. »Leider werde ich mit diesen Erkenntnissen nicht mehr viel anfangen können, denn ich habe nur noch kurze Zeit zu leben.«

Dyriell lächelte geheimnisvoll und seine leuchtende Aura schien noch heller zu strahlen. »Du hast die Bedeutung dieser Reise wohl erkannt und dich damit als würdig erwiesen weiter zu leben. Wenn du morgen erwachst, wirst du gesund sein. Dies ist mein Geschenk zu Weihnachten für dich, kleine Lisa!« Er hielt kurz inne, um seine Worte wirken zu lassen.

Lisa sah ihn zuerst ungläubig an, doch als er zärtlich ihren Kopf streichelte und ihr ein liebevolles Lächeln schenkte, da wusste sie, dass er die Wahrheit sprach. Dies erfüllte sie teils mit Glück, jedoch auch mit Trauer. »Wenn du mich retten kannst, dann kannst du doch auch den anderen kranken Kindern helfen!« meinte sie hoffnungsvoll.

»Weitere meiner Gefährten sind gerade dabei, den todgeweihten Kindern auf dieser Welt zu helfen, und auch ich werde diese Reise heute Nacht noch mit weiteren Kindern machen. Doch nur, wenn sie die den Sinn dieser Reise verstehen und ihre Ehrfurcht vor dem Leben geweckt wird, können wir sie retten. Denn diese Rettung ist mit einer Bitte verbunden, nämlich die Welt vor weiterem Schaden zu bewahren und ihre einstige Schönheit und Vollkommenheit wieder herzustellen. Wohlgemerkt, es ist nur eine Bitte, keine Bedingung! Denn was ihr Menschen nicht seht, ist die Einzigartigkeit eurer Heimat. Dieser Planet ist in sehr weitem Umkreis die einzige Welt, die solch reichhaltiges Leben in großer Zahl trägt. Dies war einst ein Geschenk an euch mit der Bitte es zu bewahren und zu pflegen, doch ihr seid gerade dabei dieses wunderbare Geschenk zu ruinieren. Damit zerstört ihr jedoch auch die einzige Heimat die ihr besitzt. Deshalb unsere Bitte an euch, die eine weitere Chance erhalten um zu leben.

Lisa hielt tief berührt kurz inne. »Ich kann es dir nicht versprechen, doch ich werde mein Möglichstes tun, um deine Bitte zu erfüllen!« sprach sie dann mit rauer Stimme.

Dyriell schenkte ihr nochmals ein verständnisvolles Lächeln. »Sei gesegnet, kleine Lisa!« Sie wurde kurz von einem hellen Licht eingeschlossen. »Nun muss ich gehen, um meine Aufgabe weiter zu erfüllen. Hab ein langes, gutes Leben!« Dann löste sich seine Gestalt einfach auf und Lisa war wieder alleine. Mit einem Gefühl tiefer Glückseligkeit und neuer Hoffnung glitt sie weiter in einen traumlosen Schlaf. Als sie am nächsten Morgen erwachte und sie der Arzt untersuchte, traute er seinen Augen nicht. Lisa war tatsächlich wieder kerngesund! Niemand konnte sich ihre rasche Heilung erklären und alle glaubten an ein Wunder, doch Lisa vergaß nie diese Nacht und was Dyriell sie gelehrt hatte. Sie wusste, dass dieser Engel sie geheilt hatte, und sie würde dieses große Geschenk nutzen, um seine Bitte zu erfüllen. Dadurch wurde auch Lisas Wunsch erfüllt, zu Hause mit ihren Eltern Weihnachten zu feiern. Es wurde ein ganz besonderes Fest, auch für die Eltern, denn schließlich war ihnen ihr Kind wieder gegeben worden!

Fremde Freunde

Der Rückflug von Singapur verlief im wahrsten Sinne des Wortes ziemlich turbulent. Der Skymaster, ein vierstrahliges Großraum-Flugzeug, wurde immer wieder von heftigen Böen erfasst, seit die Maschine in den europäischen Luftraum eingeflogen war. Ein großräumiges Schlechtwetter-Gebiet mit starken Winden und großen Regenmengen machte es den beiden Piloten nicht gerade leicht die Maschine zu fliegen. Doch Kapitän Steve Fuller und sein Copilot Jeff Caulton waren ein eingespieltes Team und hatten beide schon viele ähnliche Situationen in weit weniger modernen Flugzeugen gemeistert. Der Skymaster machte es ihnen einfach. Der leistungsfähige Bordcomputer pendelte die meisten Böen mit Hilfe der Stabilisatoren sauber aus und machte den Flug für Crew und Passagiere so angenehm wie möglich. Trotzdem waren beide Piloten voll konzentriert, um bei diesen Wetterbedingungen die riesige Maschine auf Kurs zu halten. Oft wippten die großen Tragflächen bedrohlich im Wind, was die meisten Passagiere mit großer Sorge betrachteten, doch den Stewardessen gelang es immer wieder, die nervösen Menschen zu beruhigen. Schließlich war die Konstruktion der Maschine für weitaus höhere Belastungen ausgelegt, was sie auch schon seit viele Jahren bewiesen hatte. Regelmäßige Inspektionen und Wartungen sorgten für die absolute Funktionstüchtigkeit der Maschine und seither war es mit diesem Flugzeugtyp noch nie zu einem Unfall gekommen. Keiner ahnte jedoch, dass bei der letzten großen Inspektion des Flugzeugs ein haarfeiner Riss in der Aufhängung von Triebwerk drei, dem innen liegenden Triebwerk unter der rechten Tragfläche, übersehen worden war. Unter normalen Flugbedingungen hätte die Aufhängung auch noch viele Flüge problemlos überstanden, doch die starken Turbulenzen belasteten die Aufhängung so stark, dass ein Bruch unmittelbar bevorstand. Bei der nächsten starken Böe war es dann soweit, die Aufhängung zerbarst und das unter hohem Schub laufende Triebwerk schnellte nach vorne, während die Sicherheits-Automatik sofort die Treibstoff- und Hydraulikleitungen verschloss. Noch während im Cockpit der Alarm aufheulte, wurde das abgelöste Triebwerk von dem starken Wind abgebremst und seitlich nach hinten weg geschleudert. Dabei rammte es mit großer Wucht das weiter aussen liegende Triebwerk vier, das ebenfalls abriss und dabei auch noch einen Teil der Tragfläche demolierte. Der ganze Vorgang hatte nur Sekunden gedauert, nach denen das Flugzeug plötzlich, auf der rechten Seite beider Triebwerke beraubt, nach links abkippte. Noch bevor die beiden Piloten registrierten was geschehen war, versuchte der Bordcomputer mit Hilfe der Trimmung die Maschine wieder in die horizontale Lage zu drehen, was vorerst auch gelang. Doch nun vibrierte das gesamte Flugzeug heftig, da größere Bereiche der rechten Tragfläche verdreht waren und die Luftströmung über dem Flügel behinderten. Als Jeff verdutzt aus seinem Seitenfenster blickte, bekam er große Augen, als beide Triebwerke fehlten und Teile der Tragflächen im Wind vibrierten und abzureißen drohten. Schnell teilte er die Lage dem Kapitän mit und half ihm dann bei der Steuerung der Maschine, die nur noch schwer zu kontrollieren war. Steve gab sofort einen Notruf an den Tower auf dem Stuttgarter Flughafen durch, dem Ziel ihres Fluges. Nachdem sich der Fluglotse versichert hatte, dass die Maschine noch in der Luft zu halten war, gab er sofort Alarm und ließ den Luftkorridor räumen. Der Skymaster hatte nun absolute Anflugs-Priorität. Dann versuchte Steve die Passagiere zu beruhigen, während er und Jeff weiter um die Kontrolle der Maschine kämpften. Kurze Zeit später riss ein Teil der vorderen rechten Tragfläche ab. Ein weiterer Alarm heulte auf, der den baldigen Strömungsabriss über dem rechten Flügel ankündigte, was bedeutete, dass die Maschine sich nicht mehr lange in der Luft halten würde. Die Piloten hielten ihren Steuerknüppel mit beiden Händen umschlossen, während sie mit aller Kraft versuchten, die stark vibrierende und schlingernde

Maschine in einer niedrigeren Höhe auf Kurs zu halten. Die restlichen beiden Triebwerke liefen nun auf maximaler Leistung um die Geschwindigkeit zu halten. Inzwischen war es draussen dunkel geworden und nur das fahle Licht der Kontrollinstrumente erhellte das Cockpit, was zusammen mit den verschiedenen Alarm-Geräuschen, dem Rauschen des Windes und dem Scheppern und Klappern der Karosserie zu einer gespenstischen Atmosphäre führte. Dann lief es den beiden Piloten kalt über den Rücken, als ein kurzes Kreischen, verbunden mit einem Knall, den Abriss eines weiteren Stückes der rechten Tragfläche begleitete. Ein kurzer, entsetzter Blick zwischen den beiden Piloten sagte alles. Damit war ihr Ende besiegelt! Wie zur Bestätigung heulte ein weiterer Alarm auf, als sich die Maschine scheinbar wie in Zeitlupe auf die linke Seite legte und sich die Nase nach unten zu neigen begann. Draussen prasselte der Regen immer heftiger gegen die Scheiben des Cockpits, während Wolkenschleier an ihnen vorbei rasten. Noch immer war die Sicht gleich null, was ihnen wenigstens den Anblick des herannahenden Bodens ersparen würde. Noch während Jeff verzweifelt den Steuerknüppel festhielt warf ihm der Kapitän einen mitleidvollen Blick zu und schüttelte den Kopf. »Tut mir leid Junge, wir können nichts mehr tun! Sag Deinem Leben auf wiedersehen, es geht abwärts ...«

Jeff blickte ihn zuerst entsetzt an, ließ danach aber resigniert den Blick sinken und löste die Hände vom Steuerknüppel. Dann nickte er nur noch verstehend, während im Hintergrund die Passagiere verzweifelt schrien, was sich auf seltsame Weise in einer plötzlichen Harmonie mit den Alarmsirenen befand. Sie wurden hin und her geworfen, während das Flugzeug schlingernd und wirbelnd immer tiefer stürzte. Ein weiteres Teil der rechten Tragfläche riss ab und schüttelte die Maschine kräftig durch. Das Flugzeug legte sich vollständig auf die linke Seite, während die Triebwerke immer noch vollen Schub lieferten. Die Notautomatik hatte die vollständige Kontrolle übernommen, aber auch sie konnte den Absturz nicht mehr verhindern, der durch die stark verkürzte rechte Tragfläche verursacht wurde, die nun keinen Auftrieb mehr erzeugte. Das Schütteln der Maschine verstärkte sich noch weiter, so dass den Piloten alles vor den Augen verschwamm. Dazu wurde das Flugzeug von den heftigen Windböen und Turbulenzen wie ein Spielball hin und her geworfen. Jetzt begann sich die Maschine auch noch um die Längsachse zu drehen, wirbelte immer schneller herum und presste Passagier und Mannschaft an die Außenwände. Schließlich flackerte auch noch die Beleuchtung in der Kabine. Das Rauschen der vorbei strömenden Luft erzeugte ein Donnern im gesamten Flugzeugrumpf, während das überlastete Material knirschte und ächzte. Es klang, als würde die gesamte Maschine in kurzer Zeit auseinander gerissen werden. Eine Kakophonie des Grauens durchzog die gesamte Maschine und mischte sich mit den Schreien der Menschen in Todesangst! Dann wurde plötzlich ein tiefes Donnern hörbar, das den gesamten Flugzeugrumpf in Vibration versetzte. Ein durchdringendes Geräusch, das irgendwo von aussen zu kommen schien, jedoch nicht vom Wind oder den Triebwerken verursacht wurde. Im nächsten Moment flackerte ein grelles, grünes Licht auf, welches das Cockpit und die Kabine des Flugzeuges durch die Fenster erhellte. Gleichzeitig stabilisierte sich plötzlich, wie von magischer Hand geführt, die Flugbahn der Maschine. Das Schlingern und Vibrieren erstarb und die Maschine richtete sich wieder auf, bis sie schließlich in einen ruhigen Horizontalflug überging, begleitet von einem leisen Donner. Die Schreie der Menschen verstummten und es dauerte einige Zeit, bis sie begriffen, dass die Maschine nicht weiter abstürzte, sondern ruhig weiter flog! Die beiden Piloten sahen sich ungläubig an, dann fiel ihr Blick sofort aus dem Cockpit Fenster, wo sich eine gespenstische Szene abspielte. Irgendwo in dem Wolkenschleier über ihnen schwebte etwas Dunkles, Riesiges, von dem das grelle grüne Licht ausging, welches das Flugzeug umwaberte und das auch dieses tiefe Donnern verursachte. Sofort kontrollierte Steve die Instrumente. Sie befanden sich tatsächlich im Horizontalflug, stiegen sogar immer weiter in die Höhe. Jeff bestätigte seine Beobachtung. Doch wie war das möglich? Die rechte Tragfläche fehlte größtenteils und trotzdem flog die Maschine so ruhig, wie vor dem tragischen Unfall. Nun prasselte auch kein Regen mehr gegen die Scheiben. Wenn dieses Ding über ihnen sogar den Regen abhielt musste es gigantische Ausmaße besitzen! Was passierte hier eigentlich gerade? Warum waren sie nicht schon längst auf dem Boden zerschellt? Trug sie etwa dieses riesige Ding über ihnen? Aber es gab kein Flugzeug, das in der Lage war einen Skymaster zu tragen und doch zogen sie im langsamen Steigflug mit normaler Geschwindigkeit dahin! Weiter kam Steve mit seinen Gedanken nicht, denn der Tower des Stuttgarter Flughafens rief ihn über Funk an. Der Fluglotse war erleichtert, die Stimme des Kapitäns zu hören, denn die Skymaster war zeitweise vom Radarschirm verschwunden. Als Steve vorsichtig nachfragte, ob der Fluglotse nur die Skymaster auf dem Radar erkannte, bestätigte dieser verwundert das Radarecho des Flugzeuges. Alle anderen Maschinen seien in Warteschleifen unterwegs in großem Abstand zu ihnen. Die Skymaster befände sich genau auf Kurs und sollte nun in den Landeanflug gehen. Steve bedankte sich kurz und beendete das Gespräch. Dann sah er seinen Copiloten verwundert an. »So langsam glaube ich wirklich, dass ich träume. Dieses riesige Ding über uns ist nicht auf dem Radar zu sehen!«

Jeff schluckte heftig und blickte noch einmal nach draussen. Noch immer war das riesige Gebilde über ihnen in Wolken gehüllt und tauchte sie in dieses seltsame grüne Licht. Noch bevor er etwas sagen konnte klopfte es an der Cockpit-Tür und Sarah, die leitende Stewardess, trat ein.

»Käptn, was geht hier vor? Was ist das für ein seltsames Licht?« fragte sie verwirrt.

»Ich weiss es nicht, Sarah«, antwortete der Kapitän und zuckte resigniert mit den Schultern. »Wie es scheint hat irgend jemand da draussen uns aufgefangen und trägt uns nun durch die Luft.«

Sarah sah ihn zuerst ungläubig an, doch sein Gesichtsausdruck ließ keinen Zweifel daran, dass er das, was er sagte, auch ernst meinte.

»Normalerweise müssten wir schon längst irgendwo da unten liegen, zerlegt in unsere Einzelteile, aber aus irgendeinem Grund leben wir alle noch und fliegen auf unser Ziel zu«, bemerkte Steve. Im nächsten Moment flammte ein orangefarbenes Licht auf und durchflutete die gesamte Maschine. Ein warmes, angenehmes Gefühl von Sicherheit und Geborgenheit durchströmte darauf Passagiere und Mannschaft und augenblicklich beruhigten sich alle Menschen an Bord des Flugzeuges. Für einen kurzen Moment schienen sie alle mit einem fremden Geist verbunden zu sein, der in Bildern und Gefühlen zu ihnen sprach. Es waren angenehme Gefühle von Freundschaft und Hilfsbereitschaft, die ihnen zeigten, dass sie nichts zu befürchten hätten und dass sie ihr Ziel sicher und unbeschadet erreichen würden. Die beiden Piloten und die restliche Crew erhielten zusätzlich die Information, dass die Maschine auf dem üblichen Kurs anfliegen, jedoch bei der Ankunft am Rande des Flugfeldes abgesetzt würde. Dann erlosch das warme, orange farbene Licht und das Wabern des grünen Lichtes umfing wieder das Flugzeug. Der Kapitän, der Copilot und die Stewardess wechselten einen raschen Blick.

»Ich schätze, das beantwortet wohl deine Frage«, bemerkte Steve schließlich an Sarah gewandt.

»Wenn ich das richtig verstanden habe, werden wir gerade von einem UFO an unser Ziel getragen und dort sanft abgesetzt«, antwortete Sarah verwirrt.

»So scheint es zu sein«, meinte nun auch Jeff und überprüfte kurz die Anzeigen im Cockpit. Dann schüttelte er ungläubig den

Kopf. »Nicht zu fassen, die bringen uns genau auf dem Gleitpfad ans Ziel, so als ob sie unsere Anflugpfade genau kennen!«

»Wenn sie uns lange genug beobachtet haben, wissen sie bestimmt darüber Bescheid. Ausserdem versuchen unsere Freunde da oben so wenig Aufsehen wie möglich zu erregen, um die Luftwaffe nicht auf sich aufmerksam zu machen, sonst wären sie auf dem Radar sichtbar«, erklärte Steve, während Sarah das Cockpit verließ. »Dann lass uns auch das Gleiche tun. Wenn sie uns schon das Leben gerettet haben, können wir sie wenigstens etwas unterstützen. Aber vorher sollte ich kurz zu den Passagieren sprechen.« Dann griff der Kapitän zum Mikrofon der Bordsprechanlage und versuchte so ruhig wie möglich die Situation zu erklären. Er hatte erwartet, dass es danach wieder zu Unruhe unter den Passagieren kommen würde, die waren jedoch von der gedanklichen Botschaft und der Gewissheit auf Rettung so beeindruckt, dass sie die unglaubliche Erklärung des Kapitäns überraschend gelassen hin nahmen und sich nur darauf freuten, dass dieser unruhige Flug bald zu Ende ging. Als er kurze Zeit später den Landeanflug auf Stuttgart einleitete erschien Sarah noch einmal im Cockpit.

»Wie sieht es aus, da hinten?« fragte Steve etwas beunruhigt.

»Die Leute sind überraschend ruhig und diszipliniert«, antwortete Sarah erleichtert. »Anscheinend haben unsere Freunde da draussen mächtig Eindruck bei ihnen hinterlassen!«

»Gut so, dann versucht sie weiter ruhig zu halten, wir sind fast am Ziel«, bat Steve die Stewardess, die darauf mit einem kurzen Nicken das Cockpit verließ. Inzwischen simulierten die beiden Piloten einen routinemäßigen Anflug auf den Stuttgarter Flughafen. Die Wolken des Unwetters reichten fast bis zum Boden und so blieb die Maschine mit ihrem Begleiter lange in den Wolken verborgen. Tatsächlich verringerte das Flugobjekt über ihnen kurz vor der Landebahn die Geschwindigkeit und Steve drosselte die Leistung der Triebwerke, bis sie nur noch im Leerlauf summten. Noch immer waren sie von Wolken umgeben.

Der Lotse im Tower erkannte auf dem Bildschirm das seltsame Verhalten des Flugzeuges. Es wurde scheinbar immer langsamer, behielt aber problemlos Kurs und Höhe bei, obwohl es schon längst abstürzen müsste. Er führte einen kurzen Systemcheck durch, aber die Anzeige auf dem Bildschirm vor ihm war korrekt!

Die Maschine flog nun sehr langsam, blieb aber trotzdem stabil in der Luft. Da bemerkten Steve und Jeff wie das Flugzeug auf einmal den Kurs änderte und im gleichen Moment aus den Wolken brach.

Der Fluglotse wollte seinen Nachbar um Hilfe bitten, als einer der Mitarbeiter im Tower ihm zurief: »Hey, sieh dir das mal an!« Der Fluglotse blickte auf und sah seinen Kollegen mit dem Fernglas in Richtung der Startbahn starren. Er traute seinen Augen nicht was er da sah!

Der Skymaster schwebte langsam auf den Rand des Flugfeldes zu und kam dort schließlich zum Stillstand. Nun konnten auch die Piloten zum ersten Mal einen Blick auf den Begleiter über ihnen werfen. Zumindest der Teil des Flugobjektes, der über das Cockpit hinausragte, war undeutlich zu sehen, da das intensive grüne Licht nun stark blendete. Immer weiter sank der riesige Skymaster zu Boden, wo er schließlich sanft auf dem Fahrwerk aufsetzte und zur Ruhe kam. Dann erlosch das intensive grüne Licht. Im nächsten Moment wurde der Skymaster von dem Flugobjekt in helles, weißes Licht getaucht. Überall um sie herum kamen die Rettungsfahrzeuge mit Blaulicht und heulenden Sirenen heran gerast, blieben dann aber in respektvollem Abstand stehen, weil sie sich nicht getrauten näher an die Maschine unter dem Flugobjekt heran zu fahren. Steve gab über das Funkgerät kurz die Information durch, dass alles in Ordnung sei und sie nichts zu befürchten hätten, worauf sich die Einsatzfahrzeuge zögerlich in Bewegung setzten. Inzwischen hatten die Stewardessen die Türen auf einer Seite des Flugzeuges geöffnet, die Notrutschen falteten sich fauchend auf und stellten die Verbindung zum Boden her. Das Flugobjekt veränderte leicht seine Position, um die Passagiere und Rettungskräfte vor dem starken Wind und dem Regen abzuschirmen. Kurze Zeit später verließen die ersten Passagiere über die Notrutschen das Flugzeug und wurden zu den bereit stehenden Bussen geführt, während die Feuerwehr und das Notfall-Team die Maschine sicherten. Die helle Beleuchtung und die Abschirmung vor dem Unwetter durch das Flugobjekt beschleunigte die Rettungsarbeiten zusätzlich, so dass innerhalb kürzester Zeit alle Passagiere wohlbehalten das Flugzeug verlassen und ins Terminal gebracht werden konnten. Dann verließ die Crew das Flugzeug und schließlich auch Steve, der Kapitän. Er warf noch einen kurzen Blick auf die zerstörte Tragfläche. Dann wanderte sein Blick nach oben, zu ihrem unbekannten Helfer. Das starke Licht blendete ihn, aber trotzdem konnte er die Ausmasse des riesigen Flugobjektes sehen. Es war rechteckig geformt und mindestens zwanzig mal so lang wie der Skymaster! Das vordere Ende wurde von einem eleganten Bogen abgerundet, während das bullige hintere Ende stark verdickt war. Unzählige Auswüchse und Unebenheiten überzogen die stumpfe Aussenhaut des Objektes, das schwerelos mit leisem Donnern über ihm hing. Wer auch immer dieses Ding flog, sie hatten ihnen allen das Leben gerettet! Warum ausgerechnet sie vor dem sicheren Tod gerettet worden waren, noch einmal eine Chance bekommen hatten, darauf fanden Steve und alle anderen Teilnehmer des Fluges nie eine Antwort. In diesem Moment wurde Steve noch einmal von dem orange farbenen Licht eingehüllt. Wieder spürte er freundliche Gefühle, Wärme und Geborgenheit, mehr als er je wieder in seinem ganzen Leben spüren sollte. Er hob seine Hand, winkte dem Flugobjekt und den Wesen in seinem Innern zu und rief ihnen ein lautes »Danke!« entgegen. Zum letzten Mal fühlte er den hilfsbereiten Geist der fremden Freunde und wusste von nun an, dass da draussen stets jemand war, der auf sie aufpassen würde. Sie hatten selbstlos über dreihundert Menschen das

Leben gerettet und sogar noch die Bergung unterstützt! Ob sie wieder eingreifen, oder nie wieder erscheinen würden, konnte er in diesem Moment nicht sagen. Fest stand nur, dass sie da draussen Freunde hatten. Mächtige Freunde, die vielleicht dem rücksichtslosen und brutalen Treiben der Menschen nicht länger zusehen würden. In diesem Moment legte ihm jemand den Arm um die Schulter. Steve schreckte aus seinen Gedanken hoch, während das warme Licht um ihn herum erlosch. Es war Jeff, der ihm freundlich auf die Schulter klopfte und ihn dann zum wartenden Bus begleitete. Als beide Piloten eingestiegen waren, erlosch das helle Licht des Flugobjektes und es stieg leise donnernd in die Höhe. Weiter oben zündeten die mächtigen Triebwerke und ihr Begleiter verschwand mit einem langen Feuerschweif in der Ferne.

Die Handlung, sowie sämtliche Personen und der Flugzeugtyp sind frei erfunden. Der geschilderte Unfall mit dem Verlust beider Triebwerke hat sich tatsächlich ereignet. Leider endete das Schicksal der Maschine und der Teilnehmer des Fluges tragisch.

Gefährliche Landung

Der Skylord zog ruhig seine Bahn am Himmel. Das zweistrahlige Großraum-Flugzeug der Southern Star Airlines war im Anflug auf die Indonesische Hauptstadt Jakarta, auf der Insel Java. Der bisherige Flug war problemlos verlaufen und die Crew freute sich schon auf ein baldiges Ende des langen Arbeitstages. Mittlerweile war es Nacht geworden und das Flugzeug war, wie schon so oft, von absoluter Schwärze umgeben. Gerade hatte die Maschine ihre Reiseflughöhe verlassen und war in den Landeanflug übergegangen, als plötzlich, um das Flugzeug herum, Schwärme von kleinen Lichtblitzen die Nacht erhellten. Jack Forrester, der Kapitän dieses Fluges, und sein erster Offizier, Jeff Carter, wechselten erstaunte Blicke. Die beiden erfahrenen Piloten hatten schon so manchen stürmischen Flug und die verschiedensten Wetterphänomene erlebt, aber so etwas war ihnen noch nicht begegnet. Die kleinen Lichtblitze traten nur unmittelbar um die Maschine herum auf, weiter draussen war nichts davon zu sehen. Jacks erster Blick fiel auf den Wetter-Radar, aber der zeigte nichts Auffälliges an. Die nächste Wolkenschicht lag gut zwei Kilometer unter ihnen. Auch die Ausläufer eines Gewitters kamen nicht in Frage. Der Wetterradar hätte das damit verbundene Wolkengebirge und die elektrostatischen Ladungen sofort angezeigt und eine entsprechende Warnmeldung ausgegeben. Ausserdem gab es keinerlei Turbulenzen, die stets eine solche Schlechtwetterzone begleiteten. Das Flugzeug lag völlig ruhig in der Luft. Inzwischen hatte Jeff auch die anderen Instrumente überprüft und fand keinerlei ungewöhnliche Werte. Alles schien in Ordnung, doch das große Flugzeug wurde weiterhin von den winzigen Entladungen umlodert. Jeff überprüfte mehrfach die Instrumente, doch das Ergebnis war immer das Gleiche. Eigentlich durfte es diese seltsamen Blitze da draussen nicht geben und doch waren sie da! Darauf nahm Jack Kontakt mit dem Tower des Flughafens Jakarta auf und schilderte das Phänomen, doch der Fluglotse konnte ihm auch keine Erklärung für die Entladungen geben. Seine Instrumente zeigten keinerlei Schlechtwettergebiete oder sonstige ungewöhnliche Wetterlagen an. Jack bedankte sich bei dem Fluglotsen und unterbrach die Verbindung.

»Wahrscheinlich denken die jetzt da unten, dass wir Sterne sehen, weil wir letzte Nacht zu viel getrunken haben!« witzelte er.

»Wenn's so wäre würde ich mich deutlich wohler fühlen!« versicherte Jeff grinsend. »Dann wüsste ich wenigstens, dass ich mir das nur einbilde.«

In diesem Moment betrat Tina, eine der Stewardessen, das Cockpit. »Käptn, die Passagiere werden langsam unruhig. Mir gehen allmählich die Ausreden aus. Wissen sie vielleicht, was das für Blitze da draussen sind?« fragte sie unsicher.

»Tut mir leid, Tina, wir haben so etwas auch noch nicht erlebt. Ich habe schon mit Jakarta gesprochen, aber die können sich das Phänomen auch nicht erklären«, sprach Jack zu der Stewardess. »Erzählen sie denen einfach, dass wir von Elmsfeuer umlodert werden, weil irgendwo da draussen ein Gewitter tobt.«

»Dann glauben bestimmt wieder einige der Passagiere, dass bei uns im Cockpit der Klabautermann erschienen ist!« bemerkte Jeff grinsend, worauf er von Tina prompt mit einem strafenden Blick gestreift wurde.

»Ich glaube, du hast früher zu viele Seeräubergeschichten gelesen!« antwortete Tina lachend.

»Stimmt!« bestätigte Jeff grinsend. »Da kamen auch einige hübsche Meerjungfrauen drin vor!«

»Die waren bestimmt wie Stewardessen gekleidet«, konterte Tina amüsiert, worauf Jeff den Kopf einzog.

»Oje, jetzt hat sie mich erwischt!« gab er lachend zu.

Im nächsten Moment plärrte der Alarm los. Die beiden Piloten fuhren herum. Auf dem Multi-Funktions-Display blinkte die Meldung »Triebwerk 2 überhitzt!«

»Verdammt, was ist da los? Vor ein paar Minuten war doch noch alles in Ordnung!« knurrte Jeff und bestätigte die Meldung. Im nächsten Moment drosselte sie Sicherheitsautomatik den Schub in Triebwerk 2.

Tina verließ das Cockpit und versuchte die Passagiere zu beruhigen. Sie und Sandy, die zweite Stewardess, waren ein eingespieltes Team und besaßen ebenfalls schon jahrelange Erfahrung auf internationalen Flügen. Auch Sandy hatte diese seltsamen Blitze noch nie gesehen, doch sie tat ihr Bestes, um die Passagiere ruhig zu halten.

Inzwischen stieg die Temperatur von Triebwerk 2 immer weiter an. Jack drosselte schließlich die Leistung des Triebwerks auf ein Minimum, in der Hoffnung, dass es sich rasch wieder abkühlte, aber die Temperatur stieg unaufhörlich weiter. Schließlich plärrte der Feueralarm los. Die automatische Löscheinrichtung brachte das Feuer schnell unter Kontrolle, und kurze Zeit später erloschen die letzten Flammen. Doch nun hatten sie nur noch ein Triebwerk zur Verfügung. Das war kein Problem, denn jedes Triebwerk war so ausgelegt, im Notfall die Maschine alleine anzutreiben. Zwar mit niedriger Geschwindigkeit, aber eine saubere Landung war damit problemlos möglich. Sofort informierte Jack den Tower von Jakarta über den Ausfall eines Triebwerks. Auf Nachfrage des Fluglotsen versicherte Jack, die Maschine trotzdem normal landen zu können, worauf vorerst keine weiteren Notfall-Maßnahmen in Jakarta getroffen wurden. Dann beruhigte Jack mit einer Durchsage die Passagiere, dass trotz des Triebwerksbrandes keinerlei Gefahr bestand und sie den Flughafen Jakarta ohne Probleme pünktlich erreichen würden. Das Flugzeug wurde weiterhin von den seltsamen Lichtblitzen umlodert und die beiden Piloten betrachteten voller Sorge die Anzeigen, aber im Moment schien alles wieder normal zu funktionieren. Jeff aktivierte eine Analyse-Funktion im Bord-Computer, um die Ursache für die Überhitzung des zweiten

Triebwerks zu finden, bekam aber nur verwirrende und widersprüchliche Daten geliefert. Plötzlich plärrte wieder der Alarm los. Im nächsten Moment wurde das erste Triebwerk immer leiser und stellte seine Funktion dann gänzlich ein. Der Skylord glitt nun antriebslos dahin! Die beiden Piloten wechselten einen entsetzten Blick. Noch war die Maschine schnell genug, um durch die Luftströmung das Triebwerk wieder in Gang zu setzen. Jack zog den Gashebel in Startstellung zurück und Jeff versuchte das Triebwerk zu zünden. Vergeblich!

»Versuch's gleich noch einmal!« befahl Jack, doch auch dieser Versuch ging schief!

So versuchte Jeff noch mehrmals hintereinander, das Triebwerk wieder zu zünden, doch es sprang einfach nicht mehr an!

»Probier's weiter, ich informiere den Tower!« sprach Jack und aktivierte das Funkgerät. Dann sprach er die vorgesehene Notmeldung ins Mikrofon und wartete auf Antwort. Im nächsten Moment bestätigte der Fluglotse von Jakarta den Notruf und ließ den Einflugkorridor der beschädigten Maschine räumen. Kurze Zeit später erhielt Jack die Meldung, dass der Luftraum jetzt frei sei und sie Vorrang vor allen anderen Maschinen bei zur Landung hätten. Jack hatte mittlerweile die Maschine in einen beschleunigten Sinkflug gebracht, um einen Strömungsabriss an den Tragflächen zu vermeiden, was den sofortigen Absturz zur Folge gehabt hätte! Bei dieser Fallgeschwindigkeit blieben noch etwa zehn Minuten, um das Triebwerk wieder zum Laufen zu bringen. Irgendwie mussten diese seltsamen Blitze etwas mit den Schwierigkeiten zu tun haben, in die sie geraten waren, darüber waren sich die Piloten einig. Immer noch wurde das Flugzeug von den seltsamen Blitzen umlodert, während Jeff einen Versuch nach dem anderen unternahm, um das Triebwerk wieder in Gang zu bringen. Nach dem vierzigsten Versuch hört Jack auf zu zählen und schickte statt dessen ein stummes Stoßgebet zum Himmel. Nun war er wirklich nicht sehr gläubig, doch in dieser Situation fiel ihm nichts besseres mehr ein. Die Maschine war inzwischen schon sehr tief gesunken, als plötzlich die Blitze um das Flugzeug herum aufhörten und sie wieder von tiefschwarzer Nacht umfangen wurden. Jeff bemühte sich mit wachsender Verzweiflung, Triebwerk Nummer 1 wieder zu starten, doch noch immer weigerte sich das Triebwerk hartnäckig anzuspringen.

»Noch fünf Minuten, dann müssen wir im Meer notlanden!« bemerkte Jack alarmiert.

Jeff nickte nur mit angstgeweiteten Augen und versuchte weiterhin fieberhaft das Triebwerk zu starten. Da tauchten im Licht der Scheinwerferkegel die ersten Wellenberge vor der Maschine auf! Jacks Griff um das Steuerhorn war inzwischen so fest, dass die Fingerknochen weiß auf seinem Handrücken hervortraten, während er krampfhaft versuchte, die Maschine ruhig zu halten. Der Skylord flog schon fast ballistisch und nahm die Steuerbefehle nur noch widerwillig an. Da plärrte der Alarm erneut auf, weil die Maschine die vorgeschriebene Sicherheitshöhe unterschritt. Gleichzeitig meldete der Bordcomputer den drohenden Strömungsabriss an den Tragflächen. Eine Kakophonie mehrerer System-Alarme dröhnte durchs Cockpit, während Jeff verzweifelt versuchte, endlich das erste Triebwerk wieder zu starten. Er wollte schon die Kontrollen ein weiteres Mal betätigen, als Jacks Hand sich auf seine legte. Jeff sah überrascht zu ihm auf und bemerkte einen erleichterten Ausdruck auf Jacks Gesicht. Im gleichen Moment hörte er das schönste Geräusch seines Lebens: Triebwerk 1 hatte endlich gezündet und nahm wieder Drehzahl auf! Jack schob behutsam den Gashebel nach vorne und das Triebwerk nahm bereitwillig Schub auf. Schließlich lief das Triebwerk auf Vollast, während Jack erleichtert das Steuerhorn zurück zog und die Maschine sich scheinbar unendlich langsam wieder aufrichtete, um endlich wieder auf Horizontalflug zu gehen! Jack blickte auf den Höhenmesser. Der zeigte gerade einmal 250 Fuß Höhe an! Im nächsten Moment wurde

Jack von Jakarta angerufen. Die Maschine war dort vom Radarschirm verschwunden! Der Fluglotse war unendlich erleichtert, als er Jacks Meldung hörte, während der Kapitän die Maschine allmählich hochzog. Kurze Zeit später erschien sie wieder auf dem Radar der Anflugkontrolle. Triebwerk 1 lief ruhig und regelmäßig, so schaffte es die Maschine schnell wieder Höhe zu gewinnen, um in den Endanflug zu gehen. Kaum hatte die Maschine 4000 Fuß erreicht, wurden die seltsamen Blitze wieder sichtbar und umloderten das Flugzeug erneut. Im gleichen Moment fing auch Triebwerk 1 wieder an zu stottern. Instinktiv drückte Jack die Maschine nach unten. Sofort hörten die Blitze auf und das Triebwerk beruhigte sich ebenfalls.

»Ich weiss nicht, was das da oben ist, aber wir können nicht riskieren, ein weiteres Mal den Antrieb zu verlieren. Ich bleibe hier unten und versuche von hier anzufliegen!« erklärte Jack seinem Copiloten, der darauf bestätigend nickte. Dann teilte Jack seine Entscheidung dem Tower mit, der ihnen daraufhin eine veränderte Anflugroute zuwies. Jeff gab die neuen Daten in den Bordcomputer ein, während Jack die Maschine auf Kurs brachte. Endlich kam die Insel Java in Sicht. Die Lichter der Großstadt Jakarta waren deutlich zu sehen, doch die beiden Frontscheiben der Skylord waren wie von einem milchigen Überzug verschmutzt. Die Piloten benutzten mehrfach die Scheiben-Reinigungsanlage, aber die Fenster blieben undurchsichtig. So war ein Anflug auf Sicht nicht möglich! Jack informierte erneut den Tower, dass die Frontscheiben der Maschine völlig undurchsichtig waren und sie einen Instrumenten-Anflug durchführen mussten. So überwachte Jeff die Instrumente, während Jack die Maschine in die richtige Position brachte. In einem sauberen Anflug brachte Jack die Maschine schließlich über die Landebahn. Überall blitzten die Blaulichter der Einsatzfahrzeuge auf. Feuerwehr, Rettungswagen und technisches Hilfspersonal rasten mit heulenden Sirenen der

Landebahn entgegen und postierten sich entlang dieser. Kurze Zeit später schwebte die riesige Maschine ein und landete weich in Jakarta. Als sie endlich zum Stillstand kam, bot sich allen ein seltsamer Anblick. Die vordere Hälfte der Maschine war wie abgeschmirgelt und das blanke Metall der Aussenhaut war zu sehen. Die Lackierung war nahezu vollständig verschwunden, so als hätte jemand mit einem gigantischen Schleifstein die gesamte vordere Hälfte der Maschine blank poliert! Deshalb waren auch die Fenster blind. Sie waren völlig abgeschliffen und so undurchsichtig geworden.

Eine spätere Untersuchung ergab, dass die Maschine während des Anflugs auf Jakarta in eine Aschewolke des Vulkans Merapi geraten war. Dieser stößt manchmal Aschewolken aus, die bis zu acht Kilometer in die Atmosphäre aufsteigen. Die Wolke ist auf dem Radarbild nicht zu sehen, da sie keinerlei Wasser enthält! Die feine Vulkanasche besteht größtenteils aus winzigen, glasartigen Partikeln, die messerscharfe Kanten haben und so als hochwirksames Schleifmittel wirken, wenn sie mit großer Geschwindigkeit über einen Körper gleiten. Dadurch entstehen auch kurze, elektrostatische Entladungen, was die Blitze erklärt, die das Flugzeug umloderten, als es in die Aschewolke eindrang.

Auch die Triebwerke wurden durch die Vulkanasche verstopft, wodurch Triebwerk 2 sogar in Brand geriet. Triebwerk 1 wurde von der Vulkanasche nur blockiert. Diese wurde nach Verlassen der Aschewolke durch den Luftstrom aus dem Triebwerk gefegt, so dass es wieder anspringen konnte.

Heute steht der Vulkan Merapi unter ständiger Beobachtung, denn er ist einer aktivsten und gefährlichsten Vulkane der Welt!

Die Fluggesellschaft, sowie der Flugzeugtyp und die Namen sämtlicher Personen sind frei erfunden. Dieser Vorfall hat sich jedoch wirklich ereignet!

In einer nicht allzu fernen Zukunft:

Wieder gehe ich durch die menschenleeren Straßen dieser Stadt. Der Schneesturm der letzten Nacht ist weiter gezogen. Sonnenschein und blauer Himmel vermitteln eine trügerische Idylle, während der frische Schnee ein weißes Leichentuch über die Geisterstadt gelegt hat. Es ist noch früh am Morgen und die Temperatur liegt weit unter dem Gefrierpunkt. Jeder meiner Schritte verursacht ein knarrendes Geräusch im Schnee. Ich muss vorsichtig sein, denn seit die Menschen vor etwa zwei Monaten ausstarben, haben die Wölfe die Stadt wieder zu ihrem Jagdrevier gemacht. Vor gut einer Woche hat mich ein kleines Rudel angegriffen. Glücklicherweise habe ich bereits eine Ausbildung zum Schwertkampf genossen und das japanische Krummschwert ist inzwischen zu einem unverzichtbaren Begleiter geworden. Leider musste ich einen der Wölfe töten. Seither respektieren sie mich und halten Abstand zu mir, aber das kann sich schnell wieder ändern, wenn ihr Hunger zu groß wird. Auch andere Tiere haben die Stadt als neuen Wohnraum eingenommen und versorgen die Wölfe zurzeit noch mit Fleisch. Dieser plötzliche strenge Winter hat jedoch alle hart getroffen und so ist es nur eine Frage der Zeit, bis die Wölfe mich ein weiteres Mal angreifen werden. Heute jedoch sind sie nicht zu sehen. So stapfe ich vorsichtig weiter durch den hohen Schnee und erreiche einige Zeit später den Supermarkt. Obwohl es außer mir keine Menschen mehr zu geben scheint, funktioniert die Stromversorgung weiterhin. Die Automatik der Kraftwerke hält deren Funktion noch aufrecht, doch keiner weiß, wie lange das noch so sein wird. Wenigstens ist es hier drinnen deutlich wärmer und das Licht brennt auch noch. Zuerst war es unheimlich durch den leeren Supermarkt zu gehen, jeden der eigenen Schritte zu hören begleitet vom Summen der Leuchtstoffröhren und der Kühlaggregate. Doch inzwischen ist mir die Stille eher willkommen. So ist es leichter für mich festzustellen, ob sich außer mir noch ein Lebewesen in der großen Halle aufhält. Die Wölfe sind schlau und vielleicht schaffen sie es ja auch irgendwie durch ein nicht verschlossenes Fenster herein zu kommen. Glücklicherweise sind die schweren Türen am Haupteingang verschlossen. Auch ich schleiche mich durch einen Hintereingang, den man wohl vergessen hat zu verschließen, hier herein. Also suche ich mir rasch, aber vorsichtig alles zusammen, was ich benötige, und verlasse das Gebäude auf dem gleichen Weg. Wenigstens muss ich so nicht auf die Jagd gehen, um mir etwas Essbares zu beschaffen. Doch wenn der Strom eines Tages für immer ausfällt und ich alle Konserven aufgebraucht habe, bleibt mir wohl nichts anderes übrig. Selbst wenn ich vielleicht erfolgreich bei der Jagd bin, heißt das noch lange nicht, dass mir die Wölfe meine Beute nicht wieder abjagen. Das wird bestimmt nicht einfach, doch jetzt wird es Zeit, dass ich wieder in meine Wohnung komme, denn die Kälte macht mir trotz meiner dicken Kleidung mit der Zeit zu schaffen. Da fällt mir ein, ich habe mich noch gar nicht vorgestellt. Also ich bin Sandra, eine 27 jährige Frau und scheinbar der einzige überlebende Mensch einer weltweiten Katastrophe. Vor gut vier Monaten ist nämlich unseren glorreichen Wissenschaftlern eine biologische Waffe außer Kontrolle geraten. Der hoch ansteckende Erreger hatte jedoch eine lange Inkubationszeit. Nach der Ansteckung vergehen gut drei Wochen, bis die ersten Symptome auftreten. Doch dann ist es längst zu spät und die Krankheit tötet jeden im Verlauf von zwei Tagen! Bis sie bemerkten, dass der Erreger aus dem Labor entkommen war, hatte er sich schon längst über die ganze Welt ausgebreitet und praktisch alle Lebewesen angesteckt. Innerhalb von zwei Monaten tötete er zuverlässig alle Menschen, die meisten Tiere hat er jedoch verschont. Warum ich noch lebe, weiß ich nicht. Irgendwie bin ich wohl immun gegen dieses Virus. Wahrscheinlich gibt es außer mir noch einige wenige Menschen irgendwo auf der Welt, die nun mein Schicksal teilen. Vielleicht bin ich aber auch die letzte Überlebende.

Ich durchsuche täglich sämtliche Frequenzen im Radio, doch ich höre immer nur Rauschen. Plötzlich sehe ich vor mir in einiger Entfernung ein kleineres Rudel Wölfe. Sie haben ihre blutigen Schnauzen in einen Kadaver vergraben, den sie nun gemeinsam ausweiden. Vermutlich eines der vielen herrenlosen Haustiere, die nun ziellos umherwandern und allmählich verhungern, weil sie das Jagen nie gelernt haben. So erlösen die Wölfe wenigstens diese Geschöpfe von ihrer Qual. Ich verberge mich rasch hinter einem geparkten Auto am Straßenrand. Zum Glück haben mich die Räuber noch nicht entdeckt und ich kann mich heimlich davon schleichen. Also muss ich heute einen Umweg machen, um nach Hause zu gelangen. Wie das klingt: nach Hause! Denn meine Wohnung ist inzwischen alles andere als gemütlich, sie gleicht eher schon einer kleinen Festung! Da ich nicht wusste, ob noch mehr Menschen überlebt haben, besorgte ich mir erst einmal ein entsprechendes Waffenarsenal. Ich kenne die Menschen sehr gut, und wenn plötzlich keiner mehr ihr Handeln kontrolliert, werden sie sehr schnell wieder zu Barbaren! So ist eine attraktive junge Frau vielleicht genau das, was sie suchen. Doch selbst wenn sie keine sexuellen Neigungen, sondern einfach nur der Hunger treibt, können Menschen ausgesprochen brutal werden. Einige der Waffen können mir später auch bei der Jagd hilfreich sein. Vor allem dann, wenn mir irgendwelche anderen Fleischesser da draußen meine Beute streitig machen wollen. Zwar bevorzuge ich den fairen Nahkampf, aber gegen ein großes Rudel Wölfe oder einen Bären bin auch ich machtlos und kann mich nur mit der Hilfe von Schusswaffen erwehren. Glücklicherweise begegnen mir auf meinem Weg keine weiteren Raubtiere, so dass ich unbehelligt das fünfstöckige Haus erreiche, in dem meine Wohnung liegt. Wie üblich überprüfe ich die Eingangstür zum Treppenhaus. Sie ist abgeschlossen und wurde seither auch nicht geöffnet. Also sichere ich noch einmal nach allen Seiten und schlüpfe schnell durch die Tür. Auch im

Treppenhaus lausche ich schon instinktiv nach verdächtigen Geräuschen, aber es ist wie üblich totenstill. So verschließe ich gewissenhaft die Außentür und steige in den vierten Stock hinauf. Hierher kann mir kein Raubtier folgen. Die Außentür könnte nicht mal ein Bär eindrücken und die Fenster in den unteren Stockwerken sind alle hermetisch verriegelt, das habe ich überprüft. Als endlich die Tür meiner Wohnung ins Schloss fällt und ich sämtliche Riegel vorgeschoben habe, atme ich erleichtert auf. Wenigstens funktioniert die Heizung noch und ich kann mich meiner dicken Kleidung teils entledigen. Nachdem ich meinen „Einkauf" verstaut habe, mache ich es mir erst einmal gemütlich. Da ich auch ständig damit rechnen muss, dass die Heizung und der Strom eines Tages für immer ausfallen, habe ich mir entsprechende Vorräte an Gaszylindern, Campingkochern, Petroleum und Öllampen besorgt. Keine Sorge, die habe ich natürlich nicht in meiner Wohnung gelagert, sondern in einer nun leerstehenden Wohnung zwei Türen weiter. Schließlich weiß man nie, ob diese Behälter ganz dicht sind. Wenn ich schon diese globale Katastrophe überlebt habe, will ich mich nicht nachträglich durch Unachtsamkeit in die Luft sprengen. Da kommen wir schon zu dem Punkt, warum ich überhaupt weiter lebe. Sicher habe ich mich schon oft gefragt, warum ich das alles auf mich nehme, jetzt, wo scheinbar die ganze Menschheit ausgerottet wurde. Auf diese Frage habe ich bisher noch keine Antwort gefunden, aber es muss einen Grund geben, warum ausgerechnet ich überlebt habe. Ob dies Fluch oder Segen ist, wird sich mit der Zeit noch herausstellen. Vielleicht habe ich noch eine Aufgabe zu erledigen. Auch das wird sich zeigen. Vorerst habe ich aber noch keine Lust diese Bühne zu verlassen. Ich weiß nicht, was die Zukunft für mich noch bereithält, doch da ich das Leben unter den Menschen nie besonders genossen habe, ergeben sich vielleicht nun ganz neue Möglichkeiten. Sicher ist die Stille um mich herum manchmal bedrückend, doch ich lege inzwischen keinen gesteigerten Wert mehr auf menschliche Gesellschaft. Lieber höre ich dann etwas Musik aus dem CD-Player oder ich lausche dem Gesang der Vögel bei offenem Fenster. Die meist kleingeistigen Menschen, die mich früher umgaben, haben mich stets abgestoßen und gelangweilt. Sie haben ihre Individualität komplett aufgegeben und nur noch in Schubladen gedacht. Alles musste normiert sein, alles immer gleich ablaufen. Alle mussten das Gleiche denken, die gleiche Meinung haben, das Gleiche tun und das Gleiche lassen, Tag für Tag, bis zum Lebensende. Ich habe nie verstanden, warum sich die Menschen diese engen Grenzen gesetzt haben, warum sie in dieser auch noch selbst gewählten Trostlosigkeit vor sich hin vegetiert sind und jeden Andersdenkenden sofort aus ihrer ach so tollen Gesellschaft ausgestoßen haben. Auch in meinen wenigen Partnerschaften habe ich nie das große Glück gefunden, denn meine freie Denkweise und größtenteils grenzenlose Einstellung fand bei meinen Partnern kein Verständnis. Auch dass allein schon durch gegenseitigen Respekt und Achtung voreinander, nahezu jede Form der gegenseitigen Hilfe selbstverständlich ist, und man trotzdem die Grenzen der Individualität des Einzelnen achtet, blieb für alle unfassbar! Dass eine Beziehung für beide Seiten von Nutzen ist, auch wenn man gewisse Opfer bringen muss, was man in diesem Fall gerne tut, weil jeder mehr Vorteile als Nachteile aus der Beziehung erfährt, war für viele genauso fremd, wie die Tatsache, dass eine Beziehung kein militärisches Zweckbündnis darstellt. In einer Beziehung hat niemand das Sagen oder die Befehlsgewalt, sondern beide Partner sind völlig gleichberechtigt! Auch kann es nicht sein, dass man vom Partner Opfer fordert, die man selbst nicht zu geben bereit ist oder dass ein Partner nur nimmt und der Andere nur gibt. Das ergibt sich doch alles schon aus dem gegenseitigen Respekt, wodurch auch irgendwelche Gesetze völlig unnötig sind. Man hat ja zum Schluss gesehen, wozu das alles geführt hat. Die Gesetze wurden immer komplizierter und irgendwie fanden manche trotzdem immer wieder ein Schlupfloch. Dazu kam noch, dass unsere lieben Gesetze für gewisse Personengruppen scheinbar ungültig waren. Die Gier nach immer mehr Reichtum und Macht hatte die Menschen blind gemacht für ihre Umgebung und die Verantwortung, die jeder trug. Es gab bisher keine andere Rasse, die absichtlich ihren eigenen Lebensraum so massiv zerstörte und damit ihren Kindern die Zukunft nahm, wie die Menschen. Anstatt sich gegenseitig beizustehen, führten sie immer grausamere Kriege und erfanden immer schlimmere Waffen, um möglichst schnell immer mehr zu vernichten, obwohl die Geschichte sie tausendfach gelehrt hat, dass am Ende nur noch Leid, Hunger und verbrannte Erde übrig blieb und die Kriegstreiber am Schluss genauso verarmt waren, wie ihr Volk. Ihre ganze Macht und ihr ganzer Reichtum war am Schluss genauso wertlos wie ihre Achtung vor dem Leben! Wie könnte ich mich nach der Gesellschaft von jemandem sehnen, der so etwas Schreckliches erfindet, wie diese biologische Waffe, die schließlich die Menschheit ausgerottet hat! Wenn sie gesehen hätten, wie die Menschen um mich herum zu tausenden qualvoll starben, würde es ihnen wahrscheinlich nicht besser gehen. Man fand nicht einmal mehr genug Zeit, alle Leichen zu beseitigen, da selbst die Leute vom Militär schneller starben, als sie die Einsätze koordinieren konnten. Tausende liegen noch da draußen in ihren Wohnungen, weshalb ich Angst vor dem Frühling habe. Wenn die Kälte nachlässt, wird die Verwesung beginnen und der unerträgliche Geruch tausender Leichen wird die Luft erfüllen! Dann muss ich wohl aufs Land fliehen. Ich weiß nicht, wie lange ich weiter machen werde und wohin es mich noch verschlägt. Ob ich der Natur da draußen gewachsen bin, wird sich zeigen, denn nun, wo sich kein Mensch mehr in die Natur einmischt, hat sie sicher wieder eine Chance sich vollständig zu regenerieren. Hoffentlich begeht sie dann nicht eines Tages wieder den gleichen Fehler und erschafft eine Rasse, die zu dumm ist, um das Paradies, in das sie hinein geboren wurde zu schätzen. Sehen wir es doch einmal aus kosmischer Sicht. Die Parameter, die dazu notwendig sind, solch eine paradiesische Welt wie unsere Erde zu schaffen, sind im Kosmos äußerst selten anzutreffen. Wie dankbar hätten wir sein müssen, dass man ausgerechnet uns solch eine Heimat geschenkt hat ...

Hört ihr das Schluchzen, wenn unsere Erde weint?
Schaut nicht die Wahrheit, zu schrecklich sie scheint!
Betet in der Nacht, dass der Mond verdunkelt bleibt.
Damit das Grauen sein Gesicht niemals zeigt!
Finden Augen und Seele Ruh in der Dunkelheit.
Im Grab der Lüge seid Ihr gebettet, in verbrannter Erde,
Allezeit!

5° C

Wir schreiben das Jahr 2087 und die Menschheit steht vor ihrer schwersten Aufgabe: Überleben in einer selbst gemachten Hölle! Schon im 20. Jahrhundert wurden zahlreiche Stimmen laut dem drohenden Klimakollaps Einhalt zu gebieten und den Ausstoß von Treibhausgasen drastisch zu reduzieren. Doch aus dem Klimaschutz wurde ein Klimanutz und die Staaten mit großen Waldanteilen verkauften sogenannte Verschmutzungsrechte an Staaten mit weniger Natur-Anteil, um sich zusätzlich zu bereichern.
Allmählich traten die vorhergesagten Veränderungen des Wetters immer deutlicher und häufiger auf, doch noch immer war niemand bereit, die drohende Klimakatastrophe zu verhindern, bis sich schließlich eine durchschnittliche globale Erwärmung von fünf Grad Celsius einstellte.
So begann im Jahr 2035 plötzlich der Ozean vor der norwegischen Westküste zu kochen, als riesige Mengen Gas aus dem Methanhydrat des Meeresbodens aufstiegen. Dieser sogenannte Blow-out erniedrigte die Wasserdichte derart, dass mehrere Schiffe dort plötzlich versanken. Schließlich war die Gaskonzentration über dem Meer so hoch, dass ein Flugzeug im Anflug auf Skandinavien das Gas entzündete und eine gewaltige Explosion auslöste, die weite Teile der nahen Küsten verwüstete. Doch damit nicht genug! Kurze Zeit später löste sich das poröse Methanhydrat von der Küste Norwegens und mehrere Millionen Tonnen davon stürzten in die Tiefsee. Der folgende Tsunami erreichte gigantische Ausmaße und zerstörte weite Teile der Küsten von Dänemark, Schweden, Polen, Deutschland, Frankreich und Grossbritannien!
Inzwischen war das Festland-Eis von Grönland zur Hälfte abgeschmolzen, und auch das Nordpol-Eis war stark zurück gegangen. Die gewaltigen Mengen an Süßwasser, die dadurch in den Nordatlantik flossen, brachten 2038 den Golfstrom zum Erliegen. So begann

der Nordatlantik rasch auszukühlen und schon im Winter 2040 wurde Skandinavien erstmals von einem Eispanzer umschlossen! Schließlich waren nicht einmal mehr die Eisbrecher in der Lage, Fahrrinnen für die Postschiffe offen zu halten, welche die Küsten Norwegens stets versorgten. So entstanden dort schnell Engpässe in der Versorgung mit Nahrung und Treibstoff, doch auch auf dem restlichen Nordatlantik wurde die Schifffahrt durch das vorrückende Eis immer beschwerlicher. Dadurch entstanden auch in anderen Ländern immer mehr Versorgungsengpässe.

Ein Jahr später versiegte die weltweite Förderung von Öl! Die gelagerten Reserven reichten nur für wenige Monate, so dass alsbald sämtlicher Verkehr zu erliegen kam! Der Verlust des Golfstromes verursachte eine starke Abkühlung in ganz Europa, weshalb es dort immer kälter wurde. Nun fehlten neben dem Brennstoff auch die Nahrungsmittel, weil der Verkehr durch das fehlende Öl zusammen brach. Das ganzjährig kalte Klima erlaubte immer weniger den Anbau von neuen Nahrungsmitteln. So setzte in Europa ein erstes Massensterben ein, während die Überlebenden bald ihre Heimat aufgaben und ihr Heil in der Flucht nach Süden suchten. Die erste große Völkerwanderung auf der Flucht von Kälte und Hunger begann.

Doch auch an den asiatischen Küsten kam es bald zu Massenwanderungen, denn der steigende Meeresspiegel setzte auch dort zahllose Gebiete unter Wasser, wo sich vornehmlich die ärmeren Bevölkerungsschichten aufhielten. Vor allem in Indien, China, Bangladesch und Thailand waren bald über 300 Millionen Menschen auf der Suche nach einer neuen Heimat, die sie jedoch nicht fanden!

Das hochtechnisierte Japan war nun durch den fehlenden Verkehr von jeglichem Import an Nahrungsmittel abgeschnitten. Das Land selbst konnte die vielen Menschen nicht ernähren, weshalb es auch dort schnell zu einer humanitären Katastrophe mit unzähligen Opfern kam.

Da der Mangel an Öl auch die Produktion von Kunststoffen zum Erliegen brachte, war bald schon die medizinische Versorgung weltweit kaum mehr möglich. Weil sich die moderne Medizin vieler Kunststoffprodukte bediente, die oft nur zum einmaligen Gebrauch bestimmt waren, kam es auch hier schnell zu Engpässen. Durch den fehlenden Transport waren die Reserven bald aufgebraucht und die medizinische Versorgung bald schon auf ein Minimum reduziert.

Der Mangel an Wohnraum, Nahrungsmitteln, medizinischer Versorgung und der fehlende Verkehr verursachten ein Massensterben unter der Menschheit, das einmalig in der Geschichte dieser Spezies war. Es gab zwar durchaus noch große Ackerflächen, doch aufgrund des Ölmangels versuchten einige Staaten verzweifelt Treibstoff aus Pflanzen zu gewinnen, weshalb sie die verbleibenden Anbauflächen größtenteils dafür verwendeten, wodurch noch weniger Nahrungsmittel angebaut werden konnten, was zu weiteren Hungersnöten führte.

Die Landbevölkerung versuchte sich mit ihren selbst geernteten Produkten zu versorgen, doch die hungernden Flüchtlinge sorgten oftmals auch dort schon für kriegsähnliche Zustände! Die öffentliche Ordnung brach zusammen. Raub und Plünderung waren an der Tagesordnung und täglich nahm die Anzahl an Gewalttaten zu!

So rottete sich die Menschheit gegenseitig größtenteils selbst aus. Die Übriggebliebenen lernten aus den Algen der Meere neuen Treibstoff und Nahrungsmittel herzustellen und allmählich begann in diesen Bereichen auch wieder die Versorgung weiter entfernt gelegener Siedlungen durch Fahrzeuge und Schiffe. Die Medizin stellte aus den neuen Stoffen der Algen ihre notwendigen Geräte her, wodurch die medizinische Versorgung inzwischen größtenteils wieder intakt ist. Europa ist immer noch von einem Eispanzer überzogen und auch das Weltklima verzeichnet weiter fallende Temperaturen. Vielleicht haben wir es bald wieder mit einer neuen Eiszeit zu tun, wodurch dann vielleicht noch der Rest der Menschheit aussterben wird! Man kann es der Erde nicht verdenken, wenn sie sich gänzlich gegen uns stellt. Wir haben diesen Planeten viel zu lange ausgebeutet und uns selbst versklavt. Wir wurden in einem Paradies geboren und haben durch unsere Dummheit, unsere Gier, unsere Rücksichtslosigkeit, Brutalität und Grausamkeit dieses Paradies freiwillig zu einer Hölle gemacht, die nun vielleicht unser Untergang ist. Der Untergang einer Rasse, die immer noch meint sie sei die Krone der Schöpfung. Wie lächerlich!

Über den Autor Michael Kerawalla

Michael Kerawalla wurde 1963 in Jamshedpur, Indien, geboren, wohnt aber schon seit seinem zweiten Lebensjahr in Baden-Württemberg, wo er zuerst die Schule und anschließend ein Biologie-Studium absolvierte. Nach anfänglicher Arbeitslosigkeit schulte er zum Organisations-Programmierer um und arbeitete anschließend nahezu zwölf Jahre als Software-Entwickler, bis er im Jahre 2005 erneut arbeitslos wurde. Seit dieser Zeit ist er als Autor tätig und hat bereits zwei Romane vollendet. Deren Fortsetzungen und weitere Bücher sind bereits in Vorbereitung.

Seine zweite große Liebe gilt der Musik. Nachdem er einige Jahre zuerst auf einer elektronischen Orgel, später auch auf dem Klavier Unterricht nahm, spielt er heute leidenschaftlich gerne Keyboard und komponiert in seinem Heimatstudio seither in den verschiedensten Stilrichtungen Musicalmelodien und Filmmusik, die sich durchaus mit Musikstücken bekannter Komponisten messen kann.